かまって新卒ちゃんが毎回誘ってくる
ねえ先輩、仕事も恋も教育してもらっていいですか？
JN020527

contents

かまって新卒ちゃんが毎回誘ってくる
ねえ先輩、仕事も恋も教育してもらっていいですか？

凪木エコ

ファンタジア文庫

3139

口絵・本文イラスト　Ｒｅ岳

かまって新卒ちゃんが毎回誘ってくる
ねえ先輩、仕事も恋も教育してもらっていいですか？
凪木エコ
Eko Nagiki
ill：Re岳
Retake

涼森鏡花（すずもりきょうか）

マサトの２コ上の先輩。役職はチーフ。仕事が出来る稼ぎ頭で、モデル顔負けの美貌やスタイルも相まり、男女関係なく憧れの存在。クールビューティーな大人のお姉さんを装うが案外繊細。

風間マサト（かざま）

ネット広告代理店の営業。新卒である渚の教育担当の26 歳。効率厨だが面倒見が良い性格で、本当に困っている人がいたら、自分が損な役回りになろうとも手を差し伸べてしまうお人好し。

伊波 渚（いなみ なぎさ）

22歳の新卒ちゃん。よく気が利き、かつ可愛いことから社内だけでなく社外でも人気者。課された仕事もキチンとこなすことができる高スペック女子だが、マサトと２人きりになるとさらに甘えん坊に。

因幡深広（いなばみひろ）

マサトと同期のデザイナー。クリエイターとしてのセンスはピカイチで、かつ仕事も早い天才肌。自由奔放で気まぐれ猫のような性格。気兼ねせず何でも言い合えるマサトのことを気に入っている。

1話：オフィスの中心でストレスを叫ぶ

定時退社。

これほどに魅力的な言葉があるだろうか。入社1年目以降、「お先に失礼します」という言葉を発した記憶がない。

完全週休2日制。

これほどに信用できない言葉があるだろうか。「世の中に完全なものなど何ひとつない」とでも言わんばかりに、土日出社を命令してきやがる。

『今日中にやっといて。なる早な』

これほどに殴りたくなる言葉があるだろうか。コチラ側の都合などお構いなし。綿密に練ったスケジュールを、いとも容易くブチ壊すえげつない行為。

22時手前。頼まれた見積書をまとめつつ、憧れの言葉をボヤき続けてしまう。

「ノー残業デー……、ボーナス年2回……、年次有給休暇……、全国各種レジャー施設等優待……、働き方改革……」

憧れとは理解から最も遠い感情。故に、言葉にすればするほど悲しくなるだけ。

「意味の無いランチミーティング……、リモート勤務にも拘(かかわ)らず残業……、毎日繰り返される無意味な社訓唱和……、『くだらないことを相談するな』からの『勝手なことをするな』……」

不平不満の言葉を呟(つぶや)けば呟くほど、キーボードを叩(たた)く音が強くなればなるほど、抑え込んでいたストレスが止めどなく溢(あふ)れ出てくる。

ついには、

「〜〜〜っ！！　ブラック企業ファアアアアアア〜〜〜〜ック！！！」

オフィスの中心でストレスを叫ぶ。

『ホワイト企業の皆、オラに休みを分けてくれ。オラ、イライラすっぞ』状態。

「あの部長(ハゲ)────ッ！　定時間際(まぎわ)に仕事押し付けやがって！　直(す)ぐ終わる仕事ってホザくんなら、テメェがやって帰れ────〜〜〜〜っ！」

見積書などクソくらえ。怒りを代弁するかのように『dさvcjsdかsdぁ』と言葉にもならぬ文字が羅列され続ける。

傍から見れば、「ついに風間が壊れた……」とドン引きするのだろう。

しかし、いくらトチ狂おうが、いくら叫ぼうが関係ない。オフィスには俺しかいないのだから。

「いいぞ先輩っ、もっと言っちゃえ～～♪」

「あん!?」

訂正。俺以外にも1人残っていた。

振り向けば奴がいる。

パッチリした大きな瞳が見えなくなるくらい、チャームポイントのえくぼを見せびらかすくらい、屈託ない笑顔の女子が俺の真隣に。

名を伊波渚。

今年入社したばかりの新入社員で、俺直属の後輩である。

「これ以上、愚痴ったら止まらねえぞ」と睨みを利かせようとも、伊波にはノーダメージ。

自身の目尻を人差し指で持ち上げつつ話しかけてくる。

「先輩は目つきが悪いんですから、そんなに睨んだら駄目ですよ」

「馬鹿言え。俺も入社する前は、澄んだ綺麗な目をしてたぞ」

「えっ。俺『も』ってことは、私のことを澄んだ綺麗な目をした可愛い女の子って、先輩は思ってくれてるんですか？」

「可愛いなんて一言も言ってねーだろ」

「綺麗な目と思ってくれているだけで、私は大満足です♪」

「あと数年で、お前の目も死ぬんだぞ」という隠されたメッセージにも気付いて欲しい。

伊波の性格を表現するなら、好奇心旺盛なネコといったところか。元気いっぱいで人懐っこく、愛嬌もたっぷり。おまけに容姿もスタイルも秀でているだけあって、社内は勿論、取引先などでもすこぶる人気のある我が社の看板娘。ウチの会社にいるのが勿体ないくらい。

新卒らしく、フレッシュなのは大変よろしい。

しかしだ。

「さぁマサト先輩っ。ちゃっちゃと仕事を終わらせて、飲みに行きましょう！」

隙あらば飲みに誘ってきやがる。挨拶感覚でほぼ毎日。

一緒に飲むためだけに、俺の残業を待ち続けるファイティングスピリッツの持ち主。

コイツはアルコールモンスターなのだろうか。

「却下」

「？？？　どうしてですか？　たまには奢りますよ？」

「別に金欠ってわけじゃねーよ」

「じゃあ、どうして断るんですか！」

「お前が毎回、終電ギリギリまで帰してくれないからだバカヤロウ！」

　この新卒ＯＬ、とにかく飲むわ飲むわ。

　おまけに、ただでさえ元気いっぱいなくせに、酔っぱらうとさらにハイテンション。

　２人飲みすれば、ウザ絡みの矛先は俺に全て突き刺さるのが目に見えている。

　俺の反対も何のその。駄々っ子の如く、俺の二の腕にしがみついてきやがる。すごいおっぱい柔らかい。

「だって先輩と飲むの楽しいんだもん！」

「開き直るな！　そもそも月曜日から飲みに誘うんじゃねえ！　大学生かお前は！」

「やだやだやだ！　この前連れて行ってくれた海鮮居酒屋行きたい！　カツオの藁焼きと冷酒でグイッとしたい！」

「オッサンかお前は……」

「終電がなければ、ホテルに泊まればいいんですっ！」

「…………。！！！？？？　はぁぁぁぁぁ!?」

市民どころか、マリー・アントワネットもビックリなお泊まり発言に、俺もビックリ。

酒が大好きだから？　帰るのが面倒？　若気の至り？

それとも……？

飲み、時々ホテル。

そんなハニートラップまがいなことをナチュラルにやってのける新卒ＯＬこそが、伊波渚である。

2話：見た目は社畜、中身も社畜、その名も風間マサト

風間マサト、26歳。

ブラック企ぎょ――、ネット関連の広告代理店に勤める、社畜目・社畜科・社畜属に分類される社畜。

名目上は営業職なのだが、いつの頃からか広告の運用管理、ライティングや報告書やらの作成も投げられるように。オールラウンダーという名の何でも屋、都合の良い男、ドラえもん。

別に仕事ができるから仕事を任されているわけではない。先輩や上司、同期たちが次々と星になっていき、後釜をなすりつけられているだけだ。

辞めてしまった先輩の言葉が今でも忘れられない。

「いいか風間。退職届はいつでも叩きつけられるように机に忍ばせておけ。辞めたいときが辞めどきだからな」

もう嫌、こんな会社。

嫌とホザきつつ、ダラダラと仕事を続けているのは、人よりも忍耐力が強いのか、はたまた図太いからか。

朝から晩まで、死んだ目で酷使無双し続ける悲しき日々である。

※　※　※

18時ジャスト。「終業時刻ですよ」というチャイムが社内に鳴り響く。

すなわち、「今日も残業頑張ろうね」というメッセージが脳内にこびり付く。

ノーパソ叩き割ったろかい。

画面を叩き割る根性などあるわけがなく。そんなことするくらいなら、キーボードをカタカタ叩いているほうが有意義。というよりマシ。

くだらないことを考えつつ、死んだ目で仕事をこなしていると、

「ただいま戻りましたー♪」

日も落ちているにも拘らず元気いっぱい、外回りから我が社の看板娘が戻ってくる。

伊波（いなみ）だ。

「伊波ちゃん、おかえりー！」

「暑かったでしょ？　今、麦茶用意するから待っててね」

「渚ちゃん帰ってきたから、エアコン下げてあげてー」

　などなど。

「お前は目に入れても痛くない孫か」、とツッコみたくなるくらいのチヤホヤっぷり。

　誰もが通り過ぎる伊波へとコミュニケーションを図らずにはいられない。

　それくらい、伊波渚という女子は社内の人間に愛されているし、社内の誰しもに癒しを提供するオアシス的な存在。

　愛想よく挨拶を返したり、受け取った麦茶を美味しそうにコクコク飲んだり、「私にはコレがあるから大丈夫です！」と誇らしげにハンディ扇風機を握り締めたり。

　俗にいう愛されキャラという奴なのだろう。

　気立ても良いし、仕事の飲み込みも早い。俺が教育してきた後輩の中でも、一番と断言してもいいくらい優秀な奴だ。

　愛されキャラが、俺のもとへとやって来る。

「先輩、ただいまー♪」

「おう。お疲れさん」

「えへへ♪」

「？？？　どうした？」

「その素っ気ない返事が、亭主関白な旦那さんっぽくて素敵だなぁと」

へにゃ～、と溶けそうな笑顔で何を言っとんのだろうか。

確かに天真爛漫（てんしんらんまん）な笑顔は死ぬほど可愛いし、ヒーリング効果は絶大。

しかし、ここでデレデレするようでは教育係の名がすたる。

「アホぬかせ。そんなに素敵なら、もう一度外回り行ってくるか？」

「……。可哀想（かわいそう）な先輩……」

「は？」

「私がもう一度外回りに行けるくらい、今日も沢山仕事が残ってるんですね……」

「ぐっ……、否定できないのが腹立つ……！」

伊波の頬がパンパンに。

「もうっ！　また飲みに行くの遅くなるじゃないですか！　一体いつになったら私たちはハッピーアワーから飲めるんですか！」

「う、うるせー！　ハッピーアワーなんてもんは実在しねぇ！」

「あるもん！　ハッピーアワーは本当にあるんだもん！」

そんな「本当にトトロいたんだもん」みたいに言われましても。

認めよう。ハッピーアワー、『16時から19時はビール1杯200円』という破格なサービスは実在する。

けどだ。あんなもん、上流階級(ホワイト)の人間にのみ許された特権だから。Z戦士(ざんぎょう)はビール1杯580円だから。

あーあ……。低収入の源泉徴収票を見せたら、安くなるサービスとかやってくんねぇかなぁ……。

溜め息(たきいき)つく間もなく、

「あははっ！　本当にアンタらの夫婦(めおと)漫才は見てて飽きないわー」

「あん⁉」

前方のデスクへと視線を合わせる。そこには、バラエティ番組でも観(み)とんのかというくらい笑い続ける女が約1名。

明るめなミディアムボブ、耳を飾る白銀色のピアスは、コイツの陽気でオープンな性格を物語っている。目鼻がくっきりしているからだろう。少々派手なくらいが丁度良いとさえ思わせる。

中々にというか、かなり立派な胸の持ち主であり、今だって野郎の視線も何のその。堂々と豊満なバストをデスクへと載せ、いつもつけている小ぶりなネックレスは、ずっぽし谷間に入り込んでしまっている。

過去にチラ見していたことがバレ、「見たけりゃ見りゃいいじゃん。何なら揉んでみる？」と爆弾を放り込まれたのは記憶に新しい。

彼女の名は因幡深広。俺の最後の同期である。

他の同期が星になったのは言うまでもない。

「深広先輩、『め・お・と』漫才だなんて照れちゃうじゃないですか～」

「お～？　夫婦を強調するあたり、渚は風間の嫁になる気満々か～？」

「いや～ん♪」

伊波は俺と解散して、因幡とコンビを組めばいいのに。

「風間ー。可愛い後輩が飲みに行きたいって言ってんだから、連れて行ってあげればいいじゃん」

因幡がさらに前のめり。胸をへしゃげさせつつ、俺へと距離を詰めてくる。

「ハッピーアワーまで飲ませに飲ませて、『いいかい渚、これからホテルで真のハッピーアワーを楽しも――、』」

「くたばれ、セクハラ親父」

美人なくせにオッサンみたいなことを言うのが因幡深広という生物。

これくらいタフな奴じゃないと、ブラック会社で生き抜くことはできないのだろう。

とはいえ、このタフネスさを伊波に継承してほしくはない。

「深広先輩も飲みに行きましょうよ」

「ノンノンノン。後輩の恋路を邪魔するほど、ワタシもヤボじゃないよん」

「深広先輩……！　私、頑張って先輩を落としてみせます！」

「落とせ落とせ！　最悪、物理的に落として、既成事実作っちゃえば勝ちだから！」

「了解ですっ。というわけでマサト先輩！　早く飲みに行きましょう！」

「どういうわけだよ……！」

倫理観、欠落しとんのかコイツらは。

伊波の教育係が、俺じゃなくて因幡だった場合のことを考えると恐ろしい。

もう毒されてる可能性も否めんが。

「というか伊波よ」

「はいです？」

「毎回言ってるけど、飲みに行く約束なんてしてねーだろ」

「風間は乙女心が分かってないなぁ」

「あ？」

伊波ではなく、因幡に肩をすくめられてしまう。

「女って生き物は、衝動を止められないもんなのよ。大好きな彼氏に、『会いたくて仕方ないから来ちゃった。きゃは♪』みたいな」

「よくドラマや漫画で見るシチュエーションだな」

「そそ。男も好きっしょ？　そういうシチュ」

「俺は嫌いだぞ。いきなり来られたら予定狂うし」

「アンタ、チ○コ付いてないんじゃないの？」

「立派なのが付いとるわ！」

パンツずり下ろしたろかい。

誰もが四六時中イチャつきたいと思ったら大間違いだバカヤロウ。

貴方(あなた)には分からんでしょうね。男には1人だけで拘(こだわ)りたい時間があることを。

仕事終わり、酒とつまみを嗜(たしな)みながらのゲームがどれだけの殺傷能力を秘めているか。

一日の疲れをアルコールが癒してくれ、敵に照準(エイム)が合わずゲームオーバーになったとしても、「負けちまった。ふへへ……」と1DKで独りごちる時間が至高なのだ。

全然寂しくなんかねーぞチクショウ。

閑話休題。

「そもそもだ。因幡の説が仮に正しいとしたら、酒好きの女は全員アルコールモンスターじゃねーか」

『飲みたくて仕方ないから飲んじゃった。きゃは♪』とか言われたらゾッとするわ。居酒屋じゃなくて病院行けよ。

「はい！　はい！　はい！」と伊波が威勢よく手を挙げる。

「特別な理由や成果があれば、マサト先輩は一緒に飲んでくれるんですか？」

「理由や成果？　……まぁ、そうだな。何かしらあるんだったら、褒美として連れてってやらんでもない」

「ふふ〜ん♪」

何ということでしょう。新卒小娘が教育係の先輩に向かって、胸高々、鼻高々にドヤ顔してきやがる。

教育的指導。小鼻をへし折ってやろうと手を伸ばすのだが、

「ウチの広告サービスに興味を持ってくれた会社さんがいました！　しかも3社も！」

「えっ」

俺の反応が予想どおりだったようで、伊波はさらに上機嫌。ブイブイ、と両手でピースサインを作って満面の笑みである。

教育的指導も吹き飛び、思わず呟いてしまう。

「お前、マジで飛び込み営業の才能あるよな……」

「えへへ～♪　褒めてもチューしかできませんよ？」

「せんでええわ」

「照れなくてもいいじゃないですかー」と唇を突き出して接近してくるあたり、前世は因幡同様、中年のセクハラ親父だったのだろう。

とはいえ、才能があると思うのは本心だ。ついこの前まで俺に同行していた奴が、今では商品説明から見積書にこぎつけるまで1人でこなせるのだから。

俺が新卒の頃なんて、飛び込みが嫌すぎて喫茶店で時間潰してたぞ。

「それもこれも、マサト先輩がビシバシと私を鍛えてくれてるおかげです」

「！」

「忙しいのに研修セミナーに同行してくれたり、私の不手際や分からないところも嫌な顔1つせずに教えてくださったり。例をひとつひとつ挙げたらキリがないくらいです」

「伊波……」

アラサーに近づいてきたからか、涙腺が弱くなっている気がする。

俺が入社間もない頃の伊波との思い出を振り返っているように、伊波もまた、当時のことを思い返しているのだろう。

　だからこそ、伊波はゆっくりと瞳を閉じ、自分の身体を抱きしめる。

「手取り足取り、ときには嫌がる私を押し倒して、乱暴かつ貪るように——、」

「曲解っていうレベルじゃねぇぞ」

「あれ～？」

　感動を返せバカヤロウ。

　大切なところでオドけるのは相変わらず。大きな瞳が細くなるくらいクスクスと笑い続ける。

　そして、愛嬌たっぷりの笑顔で、

「先輩っ。これからもご指導ご鞭撻のほど、よろしくお願いしますね♪」

「……お、おう」

　本当にズルいよな。コイツの笑顔には、どんなイタズラもチャラにできる魔法が込められているのだから。

　チャラどころか、お釣りまで発生するレベルだ。

　両手で頬杖をつく因幡は、俺を見てニヤニヤ。

「風間ー。男に二言はないよね？　立派なのが付いてるなら尚更」

「お前は一言多いわ」

立派云々(うんぬん)はさておき、因幡の言う通りなことくらい分かっている。

「まぁそうだな……。飛び込み頑張ったみたいだし、今日は飲みに行くか」

「！　やった！　先輩大好きっ♪」

結局のところ、俺が一番コイツに甘々なのかもしれん。

仕方ないだろう。何事にも全力投球。一喜一憂し続ける後輩がいれば、可愛がりたくもなるのが先輩という生き物だし。

余程、飲みに行けるのが嬉(うれ)しいのか。

「ささ！　お互い早く仕事を終わらせて、飲みに行きましょー！」

伊波はカットソーから小ぶりなヘソがチラ見えするくらい両手を目一杯掲げ、残業モードへと気持ちを切り替える。

俺たち同様、彼女も立派なZ戦士(ざんぎょう)。

「お前は本当にそれで良いのか……？」とツッコむのは野暮というものだろう。本人のモチベーションが高いのなら、先輩上司たるもの見守ってやるべき。

だからこそ、

「伊波ちゃ〜〜ん！　今から一杯引っかけに行こーや！」

こういう空気の読めない上司には、なりたくないものである。

因幡や伊波のなんちゃってセクハラ親父ではなく、ガチ勢のセクハラ親父降臨。

ハゲ——、失敬。頭皮を焼き畑農業中の中年が、一際デカい声を上げつつ俺たちというか伊波のもとへとやって来る。

名を西大寺。

残念なことに、俺らの部長である。

『会社の人間でグーパンしたい奴』ランキングがあるのなら、ぶっち切りで1位に君臨するほど。それくらい悪評高い存在が、西大寺という男だ。

自分の仕事を部下に押し付けるのは当たり前。女性社員にパワハラ&セクハラは日常茶飯事。上司に対して指紋が消えるくらいもみ手をし続けるのは不変の理。

以上、常識・デリカシー・毛根に乏しい生物なのだ。

セクハラ親父全開。部長は息をするかのように、伊波の肩へと手を置いてニタニタ。

「ほら～。伊波ちゃん細すぎー。もうちょい、ムチッとしてるほうがオジサン的にはポイント高いよ？　よっしゃ！　スッポン！　スッポン鍋食いに行こう！」

凄いよな。親と子くらい離れた女子に対して、平然と一緒の鍋を突こうと提案できるのだから。しかもクセの強いスッポン。

脂ぎった矛先は因幡にも向けられる。

「因幡ちゃんも行くよね。スッポンってオッパイにもに良いらしいから、もっと大きくしちゃおう！」

「…………」

「あれ？　因幡ちゃん？」

「…………」

「もしもーし！　聞こえてるー？」

「…………」

部長が因幡へと大きく手を振ろうと無反応。

それもそのはず。因幡はくつろぎモードから一変、ピンと姿勢を伸ばしてノートパソコンと絶賛向き合い中。「私は作業に集中しています」とでも言わんばかりに、バカでかいヘッドホンを付けて。

因幡よ……。せめて、イヤホンジャックにコードを挿せよ……。

因幡はメールを打っていたようで、俺のスマホにメッセージが届く。

『後処理は任せた！』

やかましいわ。

伊達(だて)に、入社当時から部長のセクハラ攻撃を流し続けてきたわけではないらしい。

後処理を任されたものの、俺の力など果たして必要なのだろうか？

愛嬌たっぷり、張り付いた笑顔で伊波は宣言する。

「ごめんなさ〜い。私、スッポンも苦手なんです〜」

スッポン『も』って言うんじゃねえ。

断る勇気どころか、貶(けな)す余裕さえある。

嫌なものは嫌。好きなものは好き。それをハッキリ言えるのが、伊波渚クオリティ。

「若いのに好き嫌いダメダメ！　スッポンは精付くよ〜？　夜、元気一杯のほうが彼氏も喜んでくれるよ〜？」

「私、彼氏募集中なんで食べないでも大丈夫でーす」

「えっ！　伊波ちゃん、彼氏いないの！　うわぁ〜、僕があと20年若かったらなぁ〜」

「私、年の差とか気にしないタイプなんで、年齢関係ないでーす」

「ええっ⁉　伊波ちゃん、僕のことを異性としても見てたの⁉　いや〜、参ったなこりゃ！」

「やだ〜！　部長さん冗談キツ〜イ！　冗談キツすぎて、厚労省に相談しちゃいぞ〜♪」

「アハハハハ〜♪」「ダハハハハッ！」

俺は何を見せられながら仕事をしているのだろうか……。

伊波の逞しさには舌を巻くものの、部長のしつこさにもやはり目を見張ってしまう。

切れ味抜群の言葉で伊波が口撃し続けても、空気が読めない部長には全くに通用せず。

馬鹿は死んでも治らない。

穏便に済ませたかった伊波も、さすがに笑顔のメッキが剝がれつつある。

「まだ仕事が残っているので、本当にごめんなさい」

「ダメだよ～！　新卒のときから残業するクセをつけちゃ！」

「それはそうかもしれませんが……」

「いいかい？　残業するってことは、仕事を効率的にできていないって証拠なんだよ」

続けて、自信たっぷりに部長は言う。

「残業する奴が頑張ってる？　違う違う！　頑張れてないから残業してるだけだから！」

「っ！」

デリカシー皆無な発言に、伊波の大きな瞳が一層に見開く。

「……それって、今残業しているマサト先輩や他の先輩たちは、頑張れてないってことですか？」

天真爛漫な新卒ＯＬは何処へやら。華奢な肩や細腕にワナワナと力を込め始める。

俺や残業組、バカにされている人間以上に、不快感を露わにしてしまう。

案の定、伊波の感情は、部長には届かない。

「その通り！　僕に言わせてみれば、風間たちは頑張り不足だね！」

「撤回してください！　私、残業している人が頑張れてないとは思いません！　だって、頑張れない人なら残業なんて絶対しないですもん！」

「ちちちちち。伊波ちゃんは考えが若いなぁ～。そりゃそうだよね！　だってまだ1年目の新人なんだから！」

「1年目だろうが何年目だろうが、この気持ちは絶対変わりません！」

「OKOK！　その熱い議論は食事しながら交わし合おうじゃないか！」

「だからっ――！」

部長聞く耳持たず。もはや、耳鼻科より脳神経外科を推奨したいレベル。

というものの、伊波の考えが若いという点は頷ける。

自分がセクハラまがいなことを言われても我慢できるくせに、俺らが馬鹿にされるのは我慢できないのだから。全くを以て忍耐力が足りん。

そもそもの話、自分の管理もままならないヒヨッコに守られるほど、俺らZ戦士はヤワではない。

総評、もっと頑張りましょう。

もっと頑張らないといけないからこそ、

「おい伊波。俺が頼んだ仕事をほっぽり出して、鍋食いに行ったりしないよな？」

「先輩……」「風間？」

もっと頑張らないといけないからこそ、伊波に手を差し伸べないといけない。

何故ならば、俺はコイツの教育係だから。

「風間ぁ！　新卒の子に夜遅くまで仕事させとんのかお前は⁉」

部長はニタニタ顔から一変。俺へとがなり声で喚き始める。

こういうときだけ察しが早いのは、さすがというか恐ろしいというか。

「伊波ちゃんに押し付けないで、お前が――」

「若いうちはガムシャラに働け」

「あい？」

「俺が新卒の頃、部長にいただいた『金言』ですが」

「………。おおう……」

覚えてないでしょうね。自分が早く帰りたいがため、仕事を押し付けたいがために吐いた言葉だろうし。

こういうのって、言われた側はずっと覚えているもんだ。

いつもは見たくもない部長の顔面だが、今ばかりはガン見してしまう。

「もしかして、あのときの言葉が嘘だなんて言いませんよね？」

「！！！　い、いやいやいや！　そんなわけあるか！　若いうちはガムシャラに働く！　言った言った！」

「良かったです。俺『たち』は、ずっと部長の言葉を信じて働き続けてますから」

「……たち？」

「だよな、皆？」

首を伸ばしつつ周囲を見渡す。

ずっと準備していたのだろう。

「風間さんの言う通り！　部長のお言葉があったからこそ、残業も休日も頑張ってこれました！　……涙も血尿も堪えつつ」

「私も私も。部長が誰にでもできる仕事回すのって、部下に経験を積ませるためですよ

ね？　部長クラスの人間が、楽するために仕事擦り付けるわけないですよね？　……です
よね？」

「だよなー。あと、部長が『これだからゆとりは』って口酸っぱく言うのも、愛情の裏返
しッスよね？　……ただの悪口だったら減給レベルだし」

　Ｚ戦士たちよ。言葉にトゲしかねーぞ。

「あははっ！　部長もクソ野郎のフリするの大変だねー♪」

因幡はヘッドホン付けたまま大爆笑するんじゃねー。

もう一度言おう、Ｚ戦士はヤワではない。

何よりもだ。後輩を守りたくなる気持ちは、ホワイト企業もブラック企業も関係ない。

さすがのお気楽部長も冷や汗だらだら。

「……ウン。全部僕ノ愛情表現ダヨ……」

身から出た錆という言葉がお似合いすぎるほどにお似合い。

視線を部長から伊波へ。

そして、アイコンタクトで伝える。

「いいか？　ムカつく上司には、こうやって対処するんだ」と。

３ヶ月以上も先輩後輩の関係をしていることはある。

「私、残業しますっ。部長の言葉を引き継ぐために！　マサト先輩に一生付いていくために！」

一生は付いてこんでエエわい。

さすが自慢の後輩。飲み込みが早い。

もはや怒りや苛立ちの感情もなければ、張りぼての笑顔でもない。

いつもどおりな１００点満点な笑顔、キラキラな瞳に戻った伊波は、部長にフィニッシュブロー。

「というわけです！　私たちは残業頑張らせていただきますので、部長はどうぞお帰りください♪」

「ウ、ウン……。頑張ッテネー……」

さっきまでの威勢は皆無。何も言えねえ状態になった部長は、逃げるように肩身を狭くしてそそくさと退社していく。完全勝利である。

異物が無くなれば、社内は大盛り上がり。

「さすが風間と伊波ちゃん、ナイスコンビ！」

「部長ざまぁ見やがれ！　スッキリした～……」

「俺、今ので1週間はぐっすり眠れるわ」

などなど。どんだけ部長は嫌われてんだよ。

コイツも余程、勝利が嬉しいのだろう。

「マサト先輩っ♪」

寄り添うように真横に来た伊波が、俺へと両手のひらを差し出してくる。

俺も若干テンションが上がっているのかもしれん。

ついつい、伊波のハイタッチ要求を受け入れてしまうのだから。

3話：記憶にございません。……だけど？

残業終わり。

約束どおり、俺ら2人は飲み屋へと繰り出していた。

「かんぱーい♪」「乾杯」

ジョッキとグラスを合わせた後、キンキンに冷えたビールを喉へと一気に流し込む。

まさに一日の褒美。疲労困憊した身体に、黄金の炭酸水が染み込むわ染み込むわ。

「くはぁぁぁぁ〜〜〜♪　この一杯があるから、止められないんですよね〜〜〜♪」

可愛いオッサンここにありけり。

目前の伊波も大満足。力強く握り締めた両手をブンブン上下させ、舌鼓をポンポン打ち続ける。
22、23歳の女子ならば、梅酒やカシオレ、ワインなんかを好んで飲むのだろう。
しかし、コイツの大好物はよく冷えた日本酒。地酒と刺身好きのガチ勢。

もう一度、クイッとグラスを傾ければ、

「ああ……、日本に生まれて良かったなぁ～～♪」

舌鼓、10連コンボだドン。

周りに媚(こ)びず、自分の好きなものを美味(おい)しそうに飲む姿は、見ていて気持ち良さすら感じさせる。

とはいえ、年頃の娘が趣(おもむき)ありまくりな海鮮居酒屋の個室で満足してエエんかえ？　と聞きたくはなる。

世のＯＬたちが、オシャンティなイタリアンバルやカフェ飯屋でインスタってるときに、

「えっと……、桃みたいな華やかな香りで、味わいはさっぱり爽やかで――、」

飲んでる日本酒の味をスマホでメモっててエエんかえ？　とツッコみたくはなる。

俺らリーマンからしたら、高評価だけども。

しまいには、まじまじ見ているのがバレてしまう。

「先輩も飲みます？　福寿(ふくじゅ)の純米吟醸っ」

「別に日本酒欲しさに見てたわけじゃねーけど」

「分かってますよー。私との間接チュッチュ欲しさですよね？」

「唇ちょん切ったろか」

「酷いっ！　けど、その素っ気なさが好き！」

将来、ＤＶ癖のある男を好きにならないか心配。

『飲んでもいい』というより、『飲んでほしい』という表現のほうがしっくりくる。伊波は器用にもテーブル下に潜り込むと、するりと俺の真隣へ。

そのまま手に持ったグラスを差し出してくる。

「ささっ。後輩の勧めるお酒ですよ？　可愛い後輩の酒が飲めんと言うのか」

「……。俺初めてだよ……。後輩にアルハラされるの」

「えへへ。先輩の初めていただいちゃいました♪」

何その嬉しいようで、悲しさしかない窃盗事件。

「先輩も日本酒好きじゃないですか。飲んで飲んでっ」と共有という名の強制を余儀なくされ、受け取ったグラスを一口。

「おっ。美味いなこの酒」

「でしょ？　美味しいんですよ、この日本酒っ」

その笑顔、杜氏や生産者の方々に見ていただきたい。そう思わせるくらいの天使仕様。

んなもん、メチルアルコール勧められても美味いって言ってまうわ。

余程共有できるのが嬉しいのか。「前失礼しまーす」と俺近くにある御品書きを回収した伊波は、一緒に見てと言わんばかりに肩をくっつけてくる。

「先輩も次は日本酒を頼みましょーね。私、大好きな大黒正宗ー♪」

「まだ飲み終えてないのに、次の酒のことを考えるとか……。お前、本格的な酒飲み思考
──、あっ！　俺のビール！」

酒飲みの本領発揮。伊波は俺のビールを回収すると、ジョッキに半分以上入っていたビールを豪快にもグビる。ＣＭ狙っとんのかというレベルで、あっという間にジョッキはすっからかん。

「うんっ！　これで先輩も日本酒に突入できますね！」

「……泥酔したら、捨てて帰るからな？」

「や～ん、捨てないで～♪」とさらに密着してくる伊波は、もう手遅れなのかもしれない。

飲み始めの段階で手遅れと思うのだから、１時間も経てば後戻りできないレベルである。

「あ～～～♪　お酒は美味しいなぁ♪　お酒は楽しいなぁ♪」

新卒小娘、絶賛泥酔中。

色白な肌をポカポカと赤く火照らせ、ハキハキした大きな瞳はトロロンと微睡む。はだけたカットソーからは、なだらかな鎖骨部、形良い胸の谷間がコンニチワ。

　当たり前に俺へと寄りかかり、すっかり甘え上戸モードである。

「伊波、それ俺の箸」

「何言ってるんですか先輩っ。このお箸は、お店のお箸に決まってるじゃないですか〜」

「いや……、そういうことを言ってるんじゃなくてだな……」

「あれれ？　こんなところにストッキングが落ちてる？？？　先輩っ、だらしないですよ！　こんなところに脱ぎ散らかして！」

「俺が穿いてたわけねーだろ！　お前が脱ぎ散らかしたストッキングだバカヤロウ！」

「あははははっ！　先輩面白〜〜〜い♪」

　消えようかな……。コイツをぶっ飛ばさんうちに。

「マサト先輩のモノマネしま〜〜〜す！」

「あ？」

　何をトチ狂ったのだろうか。

　俺の肩に傾きっぱなしだった伊波が、いきなり姿勢を正し始めた？

　ほんわか笑顔一変、キリッとした顔立ちで言うのだ。

「若いうちはガムシャラに働け。俺が新卒の頃、部長にいただいた『金言』ですが」

「ブッ……！」

「あはははっ！　先輩むせた～～～♪」

小娘ぇ……。

恩を仇で返すとしか言いようがねぇ……！

「私そっくり～～！」と、キャッキャはしゃぐ伊波の頬っぺたをつねらずにはいられない。

これでパワハラと言われるのなら、法廷で戦うことも厭わんぞ。

酔っ払いの痛覚は死んでいるらしい。俺がつねろうが、へにゃり笑顔のまま。

「あのときの先輩、カッコ良かったなぁ」

「…………。はぁ⁉」

「カッコ良いマサト先輩に突撃～～～～♪」

「！！　おまっ……！」

伊波が俺の膝に雪崩れ込んできた⁉

唐突な膝枕プレイに動揺必至。

「こ、こら！　猫かお前は！」

「にゃ～ん♪」

「私は人懐っこい仔猫ですよ」とでも言わんばかり。伊波ネコがマーキングするかのように、柔らかな頰、艶やかに香る髪、たわわな胸やくびれた腰、華奢な肩や細腕などなど。己の上半身を余すことなく俺へとスリスリ擦り付けてくる。

　マーキング攻撃は終えても、膝枕攻撃は継続中。俺の内ももを定位置に、伊波はまったり落ち着いてしまう。

「お前な……。こんなとこ、他の奴らに見られたら始末書もんだぞ」

「先輩の膝枕のためなら、始末書なんて安いものですっ」

「俺の気持ちも考えんかい」

「えっと……、膝枕されるより、したい？」

「やかましいわ」と軽くチョップすれば、伊波はクスクスと肩を揺らす。

甘え上手でイタズラ好き。それがいつもの伊波という後輩。

なのだが、

「ねぇ先輩」

「ん？」

「今日の私、さすがに生意気すぎましたかね？」

「生意気？　…………。ああ……」

　一瞬何を聞かれたのか理解できなかった。けれど、直ぐに真意を理解できてしまう。

「部長に盾突いたことか」

ご名答らしく、伊波は1つ頷く。

「意外だな。お前は気にしてないと思ってたけど、気にしてたんだな」

「気にしちゃいますよ。駆け出し社員の私が、役職ある人に噛みついたんですから」

終業直後の一件を本気で気にしているし、不安なのだろう。あれだけハシャいでたはずの伊波が、気付けば静かになっているのだから。

心なしか伊波の背中が小さく見えるし、膝に感じる重さも殆ど感じなくなってしまう。

思わず、伊波の頭に手を置いてしまう。

「先、輩？」

「気にすんな。部長が何か言ってきても、俺が守ってやるから」

「……っ！」

見上げてくる伊波の瞳が一層に大きくなる。

馬鹿な奴だ。一生懸命頑張っている後輩を見捨てるわけがないのに。

見捨てるわけがないからこそ、

「お前に魔法の言葉をやろう」

「魔法の言葉、ですか……？」

「おう。また部長に誘われたら、こう言ってやれ」

俺も酔ってるんだろうな。

「『先輩と飲みに行くので、部長とは飲みに行けません』ってな」

こんな恥ずかしいセリフがサラッと出ちまうんだから。

とはいえ、羞恥心が込み上げてくるのだから、圧倒的アルコール不足。

伊波の反応を見る余裕すらない。

「と、とにかく！　俺に辞められて一番困るのはあのオッサンだから！　お前はバンバン俺を利用しろってことだ！」

自分でも「何ギレだよ」とツッコみたくなる。何なら伊波にツッコんでもらってチャラにしてほしいまである。

しかし、伊波はツッコもうとはしない。

それどころか飛び切りの笑顔で応えてくれるではないか。

「はいっ♪　『大好きな先輩と飲みに行くので、部長とは飲みに行けません』って言いますね！」

「！！！　………。～～っ！　そ、そういうことだ！」

恥ずかしかったり、素直な後輩が可愛かったり。もう顔が燃えてるかもしれん。

顔が熱いのは酒のせいなんですと、手元のグラスを鷲掴(わしづか)みにして一気飲み。

今日イチの飲みっぷりを披露するものの、下から見上げてくる伊波の顔はニコニコしたまま。

「ねーねー、マサト先輩」

「なんだよ」

「1つだけ訂正させてください」

「？」

横向きから仰向け体勢になった伊波が、ちょいちょいと俺を手招く。

言われるがまま顔を近づければ、伊波が俺の耳元で囁(ささや)く。

「マサト先輩に辞められて一番困るのは、部長ではなく私ですよ？」

「！！」

「えへへ……。そのポジションだけは絶対に譲れません♪」

俺以上に恥ずかしいことを平然と伝えてくるんですけど……。

新世代恐るべし……！

もはや、泥酔状態、ハイテンションモードの伊波に逆戻り。

「あはははっ！　照れてる先輩可愛い～♪」

「はぁぁ!? ほ、本当に辞めたろか！」

「辞めないくせに〜♪ 半端ものの私を置いていくほど、冷たくないくせに〜♪」

「〜〜っ！ この小娘ぇ！」

「きゃ〜〜♪」

このあと、めちゃくちゃ説教した。

何の意味も成さなかったけど。

※ ※ ※

早くから飲めるホワイト企業なら、2軒目、3軒目とはしごするのだろう。

あいにくウチの会社はブラック。1軒を堪能するだけで終電ギリギリである。

勘定を済まし、大通りから駅へと向かう道中、

「やだ〜〜！ まだ先輩と飲みたい！ まだ暗い！」

「逆だ！ もう真っ暗なんだよ、バカタレ！」

案の定、隣の伊波がうるせー。

この酔っ払いが駄々をこねるのは毎度の恒例行事。何なら、電車にぶち込むまでがテンプレまである。

「はしごしたいなら、他所の子になりなさい」

「はしごしたいわけじゃないもん。マサト先輩と飲みたいだけだもん」

「可愛く言ってもダメなものはダメ」

「やだ～！」

なんて野郎だ。今年3歳になる姪っ子でもコイツより聞き分けが良いぞ。

「あのな。周りにある店を見てみろ。もうシャッター閉め始めてるだろ？　飲もうと思っても物理的に不可能なんだよ。……ん？」

どうしたことか。伊波が足を止めてしまう。

さらには、唇を尖らせ、とある方向を力強く指差す。

「！　お、お前な……」

俺が照れ――、呆れるのも無理はない。伊波が指差す先は、通りから外れた横道。

横道を覗くだけでもド派手なネオン光の看板が、「アダルティな世界はコチラですよ」と淫靡な空間を演出している。

ホテル街へと通ずる出入り口である。

伊波の瞳は真剣そのもの。

「ホテルなら終電を気にしなくてもいいから沢山飲めます。会社に近いから朝はゆっくりできます。合理的ですっ！」

「合理的ってお前――、」

「シャワーだって浴びれますっ！　ベッドはフカフカでぐっすり眠れるはずですっ！」

伊波よ。こういうのって、男のほうが何かと言い訳並べて誘うもんじゃねーの？

俺とお前の立場逆じゃね……？

いつもより泥酔しているからだろうか。

「先輩が望むのなら腕枕だってしてします！」

「………。！！！　う、腕枕ぁ⁉」

伊波史上、ダイレクトすぎるお誘い。

酔いを吹き飛ばすには十分すぎる。にも拘らず、新卒小娘のテロ活動は留まるところを知らない。

「一緒にお風呂にだって入ります！　お背中だって流します！」

「おふっ⁉　お、おせなっ⁉」

「リーズナブルなお部屋で構いません！　ピンクでエッチなお部屋でもアブノーマルなお部屋でも私は受け入れますっ！」

「ア、アブアブアブノーマッ……！」

「先輩が望むなら、セーラー服やナース服だって着ちゃう――」、

「～～～っ！　ドアホ！　酔った勢いで爆弾放り込むんじゃねえ！」

「素面（しらふ）でも同じこと言えるもん！」

「余計質（たち）悪いわ！」

何だコイツ！　好感度１２０％のエロゲヒロインかよ！

「ホテル！　先輩とホテル行くの～！」と駄々をこねられる構図が修羅場すぎる。通り過ぎるリーマンたちの「羨ましいんじゃボケ」という視線が地獄すぎる。

とはいえだ。地獄から解放されるために、天国（ホテル）へ直行するわけにはいかない。

俺は教育係、伊波は後輩。

それ以上でも以下でもない。

社内恋愛がどうとか以前に、伊波は俺にとって大切な後輩なのだ。『酔った勢いで、お楽しみしちゃいました』と傷つけるようなことはしたくはない。

だからこそ、答えはＮＯ。

「さぁ。とっとと帰るぞ」

立ち止まっている伊波の腕を引っ張る。

しかし、伊波は微動だにしない。

「……約束したくせに」

「は？」

伊波の口から溢(あふ)れる爆弾発言に、思わず固まってしまう。

約束した……？　俺が伊波とホテルに行く約束を？

いつ？　どこで？

「いやいやいや。約束なんて絶対して――、」

「先輩のバカ」

「あん⁉」

悲報。後輩にバカ呼ばわりされる。

いつもなら教育的指導でデコピンの1発や2発食らわしていたかもしれない。

何なら今だって食らわそうとしていた。

けどだ。実行する気が失(う)せてしまう。

伊波の顔を直視してしまえば。

「伊波……？」

不貞腐れたようにキツく結ばれた唇、「何で覚えてないの？」と語り掛けてきそうな大きな瞳、決意を証明するかのように固く握られた両拳。

決して、冗談や嘘で言っているようには見えない。それくらい、薄暗い夜、背後のネオン光に照らされる伊波の表情は真剣そのもの。

約束を交わした記憶など全くないのだが、伊波を直視すればするほど、「酔った勢いとかで前に言っちまったのか……？」と不安になる。

記憶を遡ることを、伊波は許してくれない。

「うお⁉」

不意打ちだった。

伊波を引っ張ろうと握っていた手を、逆に力いっぱい引っ張られる。

バランスを崩して前屈みに傾けば、必然的に伊波の顔が目の前に。

「マサト先輩……」

反射的に生唾を飲み込んでしまう自分が情けない。

距離を詰められただけ、名前を呼ばれただけで心臓の鼓動が速まってしまう。

『可愛い後輩』を『1人の女』として見てしまう。

見てしまえば最後。期待にも似た感情が胸の内から込み上げてくる。

そして、大きな瞳を涙ぐませる伊波に言われてしまう。

「気持ち悪い」

「………。あ？」

俺の顔が、ですか……？

「飲み過ぎて、気持ち悪いです……」

「………。はぁぁぁあ⁉」

伊波、先ほどまでの真剣な表情は何処へやら。

アルコールが回って赤く火照っていた身体は気付けば真っ白、というより真っ青。何かにぶつかった瞬間、ゲームオーバーになりそうなくらい生の気迫も感じれず。マジでリバースする5分前。

可愛い後輩でも、1人の女でもない。

只の酔っ払いである。

アウト寸前の伊波が、最後の気力を振り絞ってとある建物を指差す。

「やっぱり、ホテル行きましょ……？　ね？」

「ね、じゃねーよ⁉」

事態は一刻を争うと、近場のトイレに押し込んだのは言うまでもない。
終電に間に合わなかったのは、もっと言うまでもない。

4話：記憶にございません。……マジで？

いくら夜遅くまで飲もうとも、会社が存続する限りは出社しなければならない。

「いや〜〜、昨日はお騒がせしました♪」

「……」

お騒がせした奴の顔面じゃねえ。

何故だろうか。昨晩、真っ青だった伊波の顔はツヤッツヤのツルッツル。

就業前からエンジン全開。元気いっぱいに両手を合わせる姿は、まごうことなき、いつもの伊波渚である。

勿論、あのあと滅茶苦茶セックスしたわけでも、24時間営業の岩盤浴&スパに行ってデトックスしたわけでもない。

伊波を介抱後、タクシーにぶち込んで、家へと強制送還させただけ。

「お前、昨日の夜は死にかけだったじゃねーか。何でそんなに元気なんだよ」

「？？？　お水沢山飲んで、一晩グッスリすればスッキリしませんか？」

「……」

少し前まで大学生をやっていた奴のリカバリー力恐るべし……。

というより、コイツのアルコール分解能力が常人離れしているだけだろう。

学生時代の自分を思い返しても、しこたま飲んだ翌日は、二日酔いでロクに講義を受ける体力など残っていなかった。

鉄の肝臓を有する伊波は、社畜よりボクサーになったほうが良いのではなかろうか。肝臓打ちしてきた相手の拳を粉砕骨折できるわけだし。

「ねーねー、マサト先輩っ。今日はどこへ飲みに行きますか？」

「お前は休肝日って言葉を知らんのか！」

「えー！」と唇を窄める伊波は、可愛さより怖さが勝つ。

これ以上、伊波の酒豪モンスターっぷりに動揺するのは体力の無駄遣い。大前提、残業分の体力は確保しておきたいわけで。

何よりもだ。

「というか伊波」

「はいです？」

きょとん、と首を傾げる伊波に恐る恐る尋ねてしまう。

「俺って、過去にとんでもない『約束』を、お前としたことがあるのか……？」

昨晩、ホテル近くで伊波に告げられた言葉、真剣な表情が鮮明に脳内再生される。

『……約束したくせに』

今の今まで、約束の内容が気になって仕方ない。

気になり過ぎて昨日の夢に出てきたくらいだし、朝目を開けば、「約束って何ぞや……？」という文字が天井に書かれていると錯覚したくらい。満員電車に揺られていた最中だって以下同文。

気になって当然だ。自分が何時、何処で、何を具体的に約束したのか全く覚えていないのだから。

酒の席、酔った勢いで「また今度エッチしようぜ」と誘ってしまったのか。

はたまた、納期に追われてパソコンと睨めっこしている合間に、「ホテル行きましょう」と言った伊波からのお誘いを生返事で返してしまったのか。

いくら悩み散らかしたところで思い出すことができない。

というわけで、伊波の口から真相を聞く以外、術がないのだ。

俺としては、自分がド畜生な人間か否かを決める大切な場面。

被害者（?）である伊波はどうだろうか。

「約束？　……。あ〜〜」

「あ〜、ってお前……」

「そんなこともありましたね」と言わんばかり。昨日のことにも拘らず、何年も前のことのように懐かしみを覚えている始末。

肩透かしにも程がある。あれだけ真剣な表情、本気で拗ねていた伊波は何処へやら。

さらには、いつも通りなニッコリ笑顔で言われてしまう。

「その件は忘れてもらって大丈夫です！」

「は？」

「というか、忘れちゃいましょう♪」

「…………。はぁん⁉」

俺史上、最大の間抜け面に、「先輩の顔、面白〜い♪」と伊波がケラケラと大爆笑。

「いやいやいや！　あんな意味深な表情と発言されて、忘れられるわけねーだろ！」

「そんなこと言われましても。う〜ん……、何で昨日の私は、あんなこと言っちゃたんでしょうね？」

「聞きたいのはコッチなんだよ！　てか、お前にまで忘れられたら困るんだって！」

「ごめんなさいっ。沢山飲んじゃったから忘れちゃいました！」

「絶っ対、嘘！」

ボケたフリをして介護士にセクハラする老人の如(ごと)く。

酒豪(アルコール)モンスター、酔ったせいにして、しらばくれやがる。

てへぺろポーズを決め込む伊波の両肩を掴(つか)みつつ、「大丈夫！　お前なら思い出せる！」

と、ぐわんぐわんとシェイキングするものの、やはり伊波は口を割らない。

それどころか、へにゃ～と顔を蕩(とろ)けさせ、

「えへへ♪　朝からマサト先輩にスキンシップされて幸せだな～♪」

「リラックスしてる暇があったら思い出せ！　あと、どさくさに紛れて抱きつこうとすんじゃねえ！」

「いや～ん♪」

尚(なお)も密着しようとするコイツの脳内を調べることができれば、どれだけ楽だろうか。

「相変わらず、君らは仲良いね」

「あん⁉　これのどこが――、あっ……」

てっきり、因幡が話しかけてきたのかと思った。

時すでに遅し。

整った顔立ちを目一杯不機嫌にする彼女が、俺の頬を軽くつねってくる。

「んー？　先輩に生意気言う口は、こ・れ・か・な？」

「す、すひはへん（す、すいません）……」

素直に謝れば、ムッスリ顔から一変。自分の唇へと指を押し付けてクスクス笑う。

その指は数秒前まで俺の頬に触れていただけに、少々ドキッとするのは男の性。

「おざます、涼森先輩」

「うん、おはよ。過度なスキンシップは、仕事中はダメだからね？」

「了解でーす！　今のうちにくっついときまーす♪」

「どつくぞコラ」

俺らの様子を微笑まし気に眺める彼女の名を、涼森鏡花。

2コ上の先輩であり、我らが会社の頼れるリーダー的存在である。

今日は内勤らしい。ゆったりシルエットのブラウスに、キュッとしたウエストが映えるタイトスカートの清楚コーデ。

ブレスレットのような腕時計、足首まで彩るストラップパンプス、長く艶やかな黒髪ストレートなどなど。シンプルながら一点一点に強い拘(こだわ)りを感じる。

　ファッションに然程(さほど)興味のない俺ですらセンスが良いと思うのだから、かなりのオシャレ上級者なのだろう。

　綺麗(きれい)なお姉さん。その一言に尽きる。

　本日もキャリアウーマンの代名詞、朝スタバをしていたようで、涼森先輩の手にはコーヒーカップが持たれている。

「いいなぁ。私もできる女目指して、スタバ通おうかなぁ」

「止(や)めとけ。形から入っても、どうせ長続きしないから」

「えっと、経験者は語るってやつですか？」

「⁉　う、うるせー！」

「あははっ！　渚ちゃん、大正解みたいだね！」

　チクショウ……。仰(おっしゃ)る通りすぎてツラい……。

　ひとしきり笑い終えた涼森先輩は、ご満悦な様子。長財布を開くと、そのまま何かを伊波へと差し出す。

「正解した渚ちゃんには、コーヒーチケットをプレゼント」

「わっ！　いいんですか？」

「うん。これで好きなドリンク飲みながら、朝スタバに挑戦してみてね」

「やったー♪　早速、明日の朝行ってきますね！」

日本酒1杯でも大喜びな伊波、コーヒー1杯でも大喜び。ワンコイン女ここにありけり。

まぁ、素直に喜べる伊波だからこそ、老若男女（ろうにゃくなんにょ）問わず人気があるのだろうが。

「ふふーん♪　マサト先輩いいでしょー♪」

人気者に、めっちゃグーパンしたい。

「涼森先輩。あんまりコイツを甘やかしちゃダメですよ。日々、生意気になるばかりです」

「えー。でも、渚ちゃんに一番優しいのって風間（かざま）君じゃない？」

「……」

「あっ。経験者は語るって奴だー♪」

「……俺、泣きますよ？」

「ごめん、ごめん」と手を合わせる先輩だが、クスクス笑いっぱなしなだけに説得力皆無。

「大丈夫だよ。後輩は生意気くらいが可愛いんだから」

「う～ん……、そういうものですかね……？」

「そういうものだよ。だって、私が初めて教育した後輩も、そこそこ生意気だったけど可愛かったもん」

「………。その教え子って、俺ですよね……？」

「さて、どうでしょう♪」

どうでしょうも何も、貴方が初めて教育した後輩は俺しかいないでしょうに。

私が初めて教育した後輩。

……うん、最強にエロい響きだな……。

「あ――――っ！　マサト先輩、『初めて教育した後輩』って響きに絶対興奮してる！

今、鼻の穴がプクッてした！」

「!?　う、うううるせー！　先輩への気遣いがお前はできんのか！」

「風間君……、すごく大きなブーメランが刺さってるからね……？」

仰る通り過ぎてツラい。

いくら騒いだところで、後頭部に刺さったブーメランがめり込むだけ。

「？？？　マサト先輩、どこ行くんですか？」

「……自販機でコーヒー買ってくる」

哀愁漂う背中を披露しつつ、1階にある自販機目指して歩き始める。

逃げたわけではない。ケッシテ。

これだけメッタメッタに振り回されたのだ。伊波に昨晩の件を問い直す気力など残っているわけもない。

というか、結末によってはマジで泣く。

5話：組み立てたスケジュール、一瞬で崩壊しがち

ブラック企業であればあるほど、企業体制が杜撰なのは言うまでもない。

社風が『人員不足は気合と残業で乗り切りましょう』という謎のスタンス。従業員の気力と体力が擦り切れるまでヘビーローテーションさせ続ける鬼畜仕様。STK48。

当然、ブラック企業に率先して入社したい猛者などいるはずがない。いるとすれば、よっぽどの物好きかドMだけ。

となれば、どうやって上層部の人間たちは、新卒や中途といった迷える子羊たちを自社へと誘うのか。

答えは簡単、誤魔化すのだ。

求人サイトの待遇欄に、『悪い』ことを、さも『良い』ことのように記載する。

例を挙げるなら、
・時間外手当アリ（全て払うとは言っていない）

・平均月残業30時間（繁忙期は毎日終電ギリギリ、早く帰るのは上層部だけ）
・若手でも積極的にチャンスを与えます（責任を負わないでいいとは言ってない）
などなど。「マジシャンかよ」とツッコみたくなるくらい事実をひた隠しにする。

『アットホームな職場です』という文言が記載されている会社には要注意。バイオのファミパンおじさんに匹敵するくらい、空虚なファミリー感が待ち構えている可能性は高いだろう。ソースは我が社。

開き直って劣悪な環境をアピールしたほうが、タフな求人者が集まるのではなかろうか。

『日々の激務は当たり前！　セクハラやパワハラする部長（クリーチャー）や係長たちも多数在籍！　手当は出さないけど、繁忙期は土日出社もオナシャス！！』

採用ページだってそうだ。美人社員たちの和気あいあいとしたシーンばかり載せるのではなく、喫煙ルームで煙と溜（た）め息を吐くアラサー社員たちを載せる方がかえって潔（いさぎよ）いというもの。

もし俺が転職活動するとして、そんな潔いブラック企業があったら応募するだろうか。

うん……、絶対しない。

※　※　※

　当然だが、仕事のやり方は千差万別である。

　朝イチでメールチェックする者もいれば、全ての仕事を片し終えてからメールチェックする者もいる。

　カロリーの低い仕事から順々にこなす者もいれば、カロリーの高い仕事から順々にこなしていく者もいる。

　好きなものは最後に食べる派の俺としては、最初に細々した仕事を片し、最後にガッツリした仕事に集中して取り組みたい。

　というわけで、午前中までに軽い仕事をサクッと片していこうではないか。

　意気揚々とノーパソをカタカタしていると、

「風間（かざま）ー」

「はい？」

　振り向けば部長（ハゲ）がいる。

「この前頼んでた修正依頼書、今日が締切（しめきり）だったわ。ス〇コ、ス〇ンコ」

「は……？」

「だいじょーぶ！　お前ならできる！」

「……」

「なる早なー」と言い残し、本日何度目かの喫煙ルームへとスタコラサッサ。

社畜あるある。

組み立てたスケジュール、一瞬で崩壊しがち。

「あ、あのハゲマジで……！」

今すぐ喫煙所に駆け込んで、弱点剝き出しの頭皮に退職届叩きつけたろか……！

周りで仕事している社員たちの、「この度はご愁傷様です」という生温かい視線がひしひし伝わる。冷ややかな視線ならば、この煮え滾る気持ちも幾分か冷めたかもしれんのに。

行き場のないストレスを感じる最中。

スッ、と俺の頭を優しく撫でてくる小娘が約1名。

伊波である。

「可哀想なマサト先輩……。私がイイ子イイ子してあげましょう」

「今の俺はすこぶる機嫌が悪い。今すぐ立ち去るか、シュレッダーにブチ込まれるか選べ」

「えっ。私をシュレッダーにかけたいってことは……。！　私をメチャクチャにしたいってことですか⁉　や、止むを得ませんっ！　マサト先輩にならメチャクチャにされ――、」

「スキャナーで脳みそ調べてこいバカタレ！」

頭のネジ1本以外外れとんのかコイツは。隣の宮田君がコーヒー吹き出したじゃねーか。

「OA機器で全てたとえるあたり、マサト先輩は根っからの社畜さんですねー」

「やかましい。てか、オフィス用品をOA機器って呼ぶお前も大概社畜だけどな」

「ノンノンノン」

「あん？」

「私の場合、呼び方がカッコイイからOA機器って言ってるだけですっ！」

「そのドヤ顔、今すぐコピー機で印刷してやりたいわ……」

「一緒に顔押し付けます？」と、伊波がプリクラ気分で決めポーズ。

何故、ロナウジーニョがゴールを決めたときと同じポーズなのだろうか。懐い。

「で、俺に何か用事か？」

「あっ。自分で調べてみるので大丈夫です」

「は？」

言っていることが理解できず首を傾げれば、伊波は申し訳なさげに苦笑う。

「新規提案書の作り方で分からない箇所があったので、マサト先輩に教えてほしかったんです。けど、急ぎの仕事が入っちゃったみたいなので」

成程。俺に質問しにきたところを、部長の横やりが入った感じか。

そんでもって俺に気を遣っているわけと。

安心したわ。俺の傷口抉るためだけに、近づいてきたわけじゃなくて。

「じゃあ私はこれで──、」

「で、提案書の何処が分からないんだ？」

「えっ？」

俺の言葉が予想外といった様子だった。

「ほら。早く教えろ」と目で訴えれば、伊波も渋々答え出す。

「え、えっとですね。リマーケティング広告のシミュレーション方法なんですけど……」

「ああー。リマケのほうは未だ教えてないもんな」

時刻を確認すれば10時過ぎ。

「片手間で教えられるもんでもないし、そうだな……。スマンけど、午後イチからでもいいか？」

「私のほうは時間あるし何時でも──、って、いやいやいや！」

ノリツッコミ的な？　伊波が猛反発してくる。

「これ以上、マサト先輩の手を煩わせるわけには！　私、やればできる子なのでお構いなく！」

「自分で言うんじゃねえ」

「でも――、」

「あのな伊波」

「？」

「お前の教育係は誰だ？」

慌ただしかった伊波が、ジッと俺を見据える。

そして、そのまま観念したかのように唇を尖らせて呟く。

「……マサト先輩」

「だろ？　だから、お前が気を遣う必要なんてねーんだよ」

コイツは勘違いしている。俺の業務には最初からスケジュールに組み込まれているのだ。

『伊波を教育する』という見えないスケジュールが。

「部長の依頼書作りと、お前に使い方を教えるのだったら、作業量は大して変わらんと思う。けどな、」

「けど？」

「部長のは厄介ごとで、お前のは投資なんだよ」

賢い伊波のことだ、もう気付いてくれただろう。

大きな瞳を一層大きくする新卒小娘を横目に、スケジュールを修正すべくキーボードを打ち込んでいく。

「数年後のお前が戦力としてバリバリ働いてくれる。結果、俺が楽できるようになる。WIN-WINってわけだ」

投資が実る確証なんてない。1年も経(た)たず辞めてしまう後輩だっているし、キャリアアップを望んで転職する後輩だっている。

ぶっちゃけた話、それはそれで構わない。そいつが選んだ道なのだから応援したいとすら思う。

離職率の高いブラック企業の教育係なんて、費用対効果に合っていないのかもしれない。

それでもだ。それでも俺は教育係を降りたいと口にすることはしない。

理由は至極シンプル。生産性のない部長(ハゲ)の尻拭いするよりも、将来性のある後輩の面倒を見るほうが、ずっと有意義だから。

要するに、伊波(こうはい)の成長を間近で見られる時間は全く苦ではないのだ。

残業上等と言えるほどに。

こんな小恥ずかしいことは、死んでも口に出さんけども。

「てなわけだ。悔しかったら、自称やればできる子じゃなくて、公認のやればできる子にまで成長――」

「マサト先輩……」

「ん？」

「だから大好きっ！」

「はあん⁉　ぐぉ……！」

感極まった伊波、シャ――ッ！　とキャスター付きPCチェアが、大移動するくらいのダイビングハグ⁉

俺に跨る伊波の乳が、俺の顔面にジャストフィット。めり込めばめり込むほど、『ヘッドロックは痛いもの』から、『ヘッドロックは気持ちいいもの』に脳内Ｗｉｋｉが編集されてしまう。参考文献、俺。

「私っ、マサト先輩をこき使えるくらい出世しますね！」

「恩を仇で返そうとすんじゃねえ！　てか、ドサクサに紛れて抱きつくんじゃねえ！」

「ドサクサじゃありません！　正々堂々とです！」

「余計質悪いわ！」

先輩上司にセクハラしないように教育する必要もあるとか……。

いい加減離れろと手払いすれば、何故だろうか。

「マサト先輩っ、マサト先輩っ」

「？？？」

ニコニコ笑顔の伊波がさらに顔を近づけてくる。

そして、耳元で囁くのだ。

「これからも、私をしっかり教育してくださいね？」

「な——……！」

「あははっ♪　マサト先輩の顔赤〜〜〜い♪」

「〜〜〜っ！　このクソガキ〜〜っ！」

この後、滅茶苦茶説教した。

さらにその後、涼森先輩に滅茶苦茶説教されたのは言うまでもない。

俺が悪いのだろうか……。

6話：立ち上げ案件、死ぬほどカロリー使いがち

「えっ。俺の案、通ったんスか？」

余程、間抜けな声が出ていたのだろうか。俺を呼び出した張本人、涼森(すずもり)先輩は口元に指を押し付けてクスクス笑う。

「君の案、通ったんス」

大人なお姉さんの砕けた言葉使いが素晴らC。

何を驚いているかといえば、俺が以前提出した案が採用されたから。

いわゆる社内コンペというやつだ。自分なりに確度の高そうだと思った業種をリストアップし、詳細な理由を添付して提出した記憶がある。

「まさか風間(かざま)君、適当に作ったとか言わないよね？」

「と、とんでもない！　今回はわりかしガチめに作りましたよ！」

「ふーん。今回『は』ねー」

「……」

　大人お姉さんのジト目が怖可愛E……。

　整った顔立ちが迫ってくればくるほど、前回の提案書作りの記憶がカムバック。

「やべ。コンペの締切、明日じゃねーか」と締切間近なのに気づき、FPSしながら適当に考えました。

「ま、いっか！　どーせ任意参加だし！」と缶ビール飲んでて気が大きくなってました。

　その翌日。安直な提案書すぎて、涼森先輩にしこたま怒られました。

　というわけで、今回は真剣に考えた所存である。

　俺氏、全力で誤魔化――、決意表明。

「次回のコンペ『も』頑張らせていただきます！」

「もうそれ、過去の過ち認めちゃってるよね……？」

「……。へへっ」

「愛想笑うな、おバカ」

　軽く頬をつねられて教育的指導。折檻にしては全く痛くないし、むしろ細くしなやかな指でムニムニされればされるほど、愛想笑いが照れ笑いに。

　男という生物は、綺麗なお姉さんに抗えないから仕方ない。

　教育的指導という名のサービスタイムが終わり、

「というわけです。直ぐにってわけじゃないけど、遅くても来月頭くらいには本格的にスタートしてほしい案件だから。そのつもりでスケジュール調整よろしくね」

「ほあ」

「？？？　どうして間延びした返事なの？」

「だって」

「だって？」

「コイツも参加するってこと、……ですよね？」

　首を傾げる涼森先輩から、右隣にいる『コイツ』へと視線を移す。

「やったー♪　マサト先輩との共同作業だー♪」

　カカトが浮くくらい万歳三唱する人物の名を伊波渚。

　そう。伊波も俺と同じタイミングで呼び出されていたのだ。何なら、俺の案が通ったと聞いたとき、「おー！　すごい！」とパチパチ拍手してくれていた。ありがとね。

　感謝の気持ちはあれど、

「マサト先輩っ。一緒に頑張りましょうね！」

「異議アリ！」

「どうして⁉」

そりゃそうでしょうよ。

異議の申請先は、当然、涼森先輩。

「いくらなんでも、伊波に手伝わせるのは早すぎません……？」

経験したことがある人間であれば、痛い程分かると思う。


社畜あるある。

立ち上げ案件。死ぬほどカロリー使いがち。

『心配』という表現が最も適切だろう。もっとハッキリ言ってしまえば、伊波が潰れてしまわないかが心配なのだ。

「立ち上げに協力してもらうんだったら、伊波には今任せている仕事のクオリティを高めてもらったほうが――」、

「風間君」

「は、はい？」

思わず寄り目になってしまう。

涼森先輩の人差し指がゆっくり迫って来るから。

そして、俺の鼻をチョチョンとダブルクリックしつつ言われてしまう。

「君は過保護かっ」

「……え」

何ツッコミ？

ジョーク交じり、笑顔交じりなものの、涼森先輩としては大真面目なようで、

「言いたいことも分かるよ？　けど、渚ちゃんは私から見てもすごいできる子だし、ここら辺で大きな経験を積ませるべきだと思うの」

「そう言われてしまえば、うーん……。そうかも、しれませんが……」

「理由はそれだけじゃないよ」

「え？」

涼森先輩はデスクに置いていたプレゼン資料を開く。

俺の作ったものだ。

「私ね。風間君が提案した業種リストの中でも、ジュエリーやアクセサリー関連の販売店に着目したところが特に気に入ってるの」

「！　あ、あざす……」

先輩上司に褒められるのは、やはり嬉しいし照れる。

それ以上に恥ずかしかった。

「このページって、渚ちゃんが活躍しやすいところをピックアップしたんだよね？」

「………」「えっ、私？」

恥ずかしい理由。涼森先輩には全てお見通しのようだから。

チンプンカンプン状態の伊波が、ニコニコ顔の涼森先輩へと尋ねる。

「？？？ どういうことですか？」

「新人の渚ちゃんには、よくテレアポしてもらってるよね」

「は、はいっ。今日も新規のお客さん確保のために電話してました」

「そこで問題」と涼森先輩が人差し指を立てる。

「もし渚ちゃんが逆の立場、『提案する側』じゃなくて、『提案される側』だったとします。

その場合、どっちの人の話を聞きたい？」

伊波が傾聴姿勢に入れば、涼森先輩は続ける。

「1人目は広告代理店に入社したばかりの新卒Aちゃん。2人目は愛想もフレッシュさも無くなった、勤続5年目のベテラン社畜B君」

何故だろう……。B君にとても親近感を覚えてしまうのは……。

「そう、ですね。やっぱり、知識や経験に勝るマサト先輩を選んじゃいます」

「B君を選べこの野郎」

マサト先輩だろうがB君だろうが正解らしく、涼森先輩はクスクス笑う。

「だよね。自社を任せるかもって考えたら、当然キャリアの長い人の話を聞きたいよね」

小さく頷く伊波は、『その壁』を経験している最中なのだろう。

だからこそ、涼森先輩の言葉が突き刺さる。

「でもね、」

「でも？」

「若い子やオシャレ好きをターゲットにした会社だったら、新卒のAちゃんでもいい勝負できると思わない？」

「…………。あっ」

特大ヒントを貰い、伊波の表情が閃きへ。

「た、確かにですっ！　ネックレスや指輪を扱うような会社なら、広告知識の乏しい私でもマサト先輩と勝負できる気がします！」

「うるせー！　B君と勝負しろバカタレ！」

とにもかくにも。

ようやく気付いたようだ。若くても勝負できることに。

違うか。もっと早く気付くべきは、伊波じゃなく俺たち先輩や会社側なわけだし。

その言葉が許されるのは自分の会社だけ。取引先からしたら、「知ったこっちゃねー」

『新卒だから』

という話である。

自慢じゃないが、ウチの会社より優れた広告代理店なぞ腐るほどある。

費用がお求めやすかったり、高品質な広告サービスだったり、勤続20年の大ベテランが在籍していたり。

「当社は何もありません」では論外。ともなれば、別の付加価値で勝負するしかない。させるしかない。

色々と試行錯誤した結果、今回は伊波をモデルケースにして考えてみたというわけだ。

抜本的な改革にはならないかもしれない。けれど、若い奴世代、伊波も興味ある分野なら、モチベーションを保つことくらいはできるだろう。

恐るべきは、提案書に軽く目を通しただけで気付いてしまう涼森先輩。

「こんな感じの解釈でいいかな、風間君」

「ウ、ウス。よく分かりましたね」

「このページだけ熱の入りようが違ったもん。君の悪い癖だね」

「ぐっ……！　御見（おみ）それしました……」

素っ裸（すっぱだか）にされて恥ずかしいので、もう自分の席に戻りたい……。

泣（な）きっ面（つら）にハンマー。

「マサト先輩っ！」

「うおう⁉」

突如、隣の伊波に両手を握られてしまう。そのまま手繰り寄せられてしまえば、ヤル気に満ち溢（あふ）れたキラキラ瞳に吸い込まれてしまいそう。

「私にも手伝わせてください。今の話を聞いちゃったら、手伝いたいに決まってます！」

予想どおりすぎる発言。

そりゃそうだよな。ネタバレしちまえば、この新卒小娘が俺をスルーしてくれるわけがない。

システムだけコッチで作ってから、引き継がせようとしていたのがこのザマである。

貴方（あなた）のせいですと、涼森先輩へと視線を移しても、

「私も手伝えるところはバンバン手伝っていくから。ね？」

後輩と先輩。夢のおねだりコラボ実現。

両手を握り締めてまん丸瞳で見つめてくる可愛い系と、両手を合わせて上品に口角を上げてくる綺麗系。

何に一番腹が立つかといえば、ちょっと高揚してしまう自分である。

煩悩を鎮めるには、折れるしか選択がない。

「わ、分かりましたよ……」

「やったー！」「やったね♪」

社会人というより仲の良い姉妹感たっぷり。２人がハイタッチでキャイキャイ。

またしても高揚してしまうのだから、俺は煩悩の塊なのかもしれん……。

「い、言っとくけど、たまたま伊波なだけだからな!?　今年採用されたのがチャラい奴だったら、日焼けサロンとかサーフィンショップ推しだったから！」

「でもでも。理由はどうあれ、私のことを考えながら提案書を作ってくれたってことですよね？」

「………」

「あははっ！　風間君は本当に渚ちゃんが大好きなんだね～♪」

「えへへ……♪　幸せだなぁ」

ニヤニヤされたり、ニコニコされたり。

「〰〰〰！！　もう嫌っ……！」

拝啓、労働基準監督署様。

この場合、何という名称のハラスメントになるのでしょうか。

7話：社畜トーク

ハラスメントを乗り越え、休憩スペースにて昼食タイム。

社員食堂？

何ソレ美味(おい)シイノ？

我が社に社員食堂などあるわけがない。あるのは給湯器という名のお湯のみ。

全国での社員食堂の導入率は25％前後なんだとか。一般開放されるほど広かったり、オシャンティなカフェ感漂わせるような食堂は、もはやドラマの世界。

俺含め、多くのサラリーマンたちは自分の席であったり、最寄りの定食屋なんかで食事するのがデフォというわけだ。

バイキング形式？

こっちだって近場のコンビニでカップラーメン選び放題だコノヤロウ。

2つ星シェフ監修？

こっちはからあげクン1コ増量中だバカヤロウ。

社員割引で安く食える？

ＦＵＣＫ。

おかしいな……。何故、俺は麺じゃなく鼻をすすっているのだろうか……。

僻(ひが)んだっていいじゃない。羨(うらや)ましいんだもの　しゃちく
人生なるものは時に諦めも肝心。ウチはウチ、ヨソはヨソ。

しょーもないポエムを考えるくらいなら、残業に備えて黙々とカップ麺を食(く)らうべし。

「マサト先輩、マサト先輩」

「ん？」

「私のおかずとからあげクンの交換をお願いしますっ」

テーブル向かい側、キラキラ瞳で俺に交渉を持ちかけてくるのは、一緒に休憩中の伊波(いなみ)。

コイツのように自炊できるなら、世界は変わるのかもしれん。

伊波は自炊できる系女子である。本日も持参した小さなランチボックスとコンビニで買

ったスープパスタというＴＨＥ・ＯＬメニュー。

　メインのオムライスを中心に、一口サイズのロールキャベツやタコと野菜のマリネなど
など。本日は洋食のようで、別タッパーにはウサギ形のリンゴまで用意する周到っぷり。

　小娘の手料理と、俺のからあげクンレッドを交換だぁ？

「し、仕方ねーな。ロールキャベツで手を打ってやろう」

　是非ともよろしくお願いします。

　ロールキャベツなんて、ここ数年食ってないから抗（あらが）えるわけがない。キャベツ＝定食屋
の千切りｏｒ居酒屋のお通しという固定観念すらできあがってるくらいだし。

　塩キャベツ美味（うま）いけども。

「ほれ」と容器（トレー）を差し出せば、伊波はからあげクンをつまんでそのままパクリ。

　そのままウットリ。

「ん～♪　このピリッとした味わいがクセになっちゃうんですよね～♪」

　何故（なぜ）、コイツが口にする料理や飲み物は、こうも美味そうに見えるのだろうか。

　若い娘がただただ幸せそうに食べる動画が流行（はや）る理由も頷ける。

　からあげクンを食べ終えた伊波は、例のブツ、ロールキャベツを差し出してくる。

　ＭＹ箸で挟みつつ。

「マサト先輩あ～ん♪」

「はぁん⁉」

まさかの食べさせプレイに、そりゃ声も荒らげる。

「間接キッスに興奮するとか中学生かよ」と笑われるかもしれない。けどだ。いくら休憩場所とはいえ、ココはオフィスなわけで。

オフィスで背徳感を覚えながらのイチャイチャプレイ……？

ＡＶの見過ぎぃっ。

「先輩早くっ！　おつゆがテーブルに垂れちゃいます！」

「わ、分かったから急かすんじゃねえ！」

こうなりゃヤケ。「俺は中学生じゃねえ。社畜だ」と己の心に言い聞かせ、勢いそのままに箸ごとロールキャベツへかぶりつく。

箸の持ち手をマイク代わりに、伊波が尋ねてくる。

「お味はいかがですか？」

「………。おう。美味え」

「えへへ。やったぁ」

不思議なもんだ。食べ終わった頃には、『恥ずかしい』から『美味い』という感想のほうが勝ってしまうのだから。

昨晩から漬け込んでいるのだろう。キャベツにも洋風ダシがしっかり染み込んでおり、噛めば噛むほど、豚ミンチの肉汁が口の中いっぱいに押し寄せる。

「今日のお夕飯は、このロールキャベツを使ったポトフの予定です♪」

普通に羨ましいぞコノヤロウ。

「お前って、料理の腕前高いよな」

「大学時代から毎日炊事してましたからねー。自信は結構あるかもです」

シャツをめくって、「どやっ！」と力こぶを溜める伊波。感想としましては、「細くて色白な二の腕ですね」。

二の腕の感想はさておき、料理スキルに関してはお世辞抜きで高いと思う。

今回のように栄養の偏りある俺へ、お慈悲のオカズを伊波はくれるのだが、どれもハズレなく美味いものばかり。

箸を置いた伊波が両肘をつくと、わざとらしくほくそ笑む。碇総司令？

「ふふふ……。マサト先輩はジワリジワリと、私に胃袋を摑まれてるんですよ？」

「計画的犯行みたいに言うんじゃねえ」

「ぐはははは～！　毎朝、お前の味噌汁を作ってやろ～～がぁ～～～♪」

何その、蝋（ろう）人形式プロポーズ。

総司令でも閣下でもなくなった伊波は、箸からスプーンへと持ち替え、スープパスタを一口すすり終えケロリ。

「というのは半分冗談です」

「半分本気だった件が俺は気になるぞ」

「ゆくゆくは専業主婦も良いと思います。ですが、」

瞳を爛々（らんらん）と輝かせつつ、伊波は続ける。

「やっぱり今は、鏡花（きょうか）先輩みたいなカッコいい女性に憧れちゃいます！」

「ほう」

俺の疑問をスルーしただけのことはある。

どうやら伊波は、キャリアウーマンに憧れを抱いているようだ。

キャリアウーマン。

専門的な職務遂行能力を生かし、長期的に働く女性の呼称。

もっとザックリ説明すると、

『仕事のできる女』

これでＯＫ。

涼森先輩はキャリアウーマンである。

営業成績は常にトップであり、優秀な人材として毎年表彰され続けている。社外引き抜きの話だって何度も耳にするほど。

「まぁそうだな。男の俺でも、『涼森先輩カッケー』って感情が芽生えるくらいだし。同性のお前からすりゃ堪らんわな」

「堪らんですっ」と、尚もテンション上げ上げで手や首を振るのだから、相当な涼森信者に違いない。

「そんな鏡花先輩に、新卒時代の風間はよく怒られてたよねー」

「……」

声のする方を振り向けば、イタズラげに白い歯を見せるラスト同期、因幡の姿が。

因幡も昼休憩らしい。サンドイッチやサラダの入ったコンビニ袋片手に、俺たちのいるテーブル席へと腰を下ろす。

挨拶代わりに俺のからあげクンを口の中へ。その笑顔、壊したい。

「うんっ、美味しー♪」

「俺の貴重な１コが……」

「唐揚げの１コや２コでケチケチしなさんな。そんなんだから、いつまで経っても定時に帰れないんじゃん」

「はあん⁉　定時で帰れるなら、いくらでも唐揚げバラ撒くわい！」

「貴重のくだりは何処行った」とケラケラ笑われてしまえば、緑茶ボトルを傾けつつ、不満を呟く事くらいしかできない。

「ふんっ。俺たち営業職の苦しみなんて、因幡には分かんねーよ」

因幡はデザイナー職。WEBサイトのデザインやコーディングをしたり、広告のロゴやバナーなんか作成したり。いわばクリエイターという奴だ。

属する会社によりけりだが、我が社のデザイナー職は比較的早く帰れる部類。

営業職がダントツでアレなのはお察しの通り。

「んー？」

「な、なんだよ」

どうしたことか。ニタニタ笑顔の因幡が、俺へと顔を近づけてくる。

顔と顔の距離も然ることながら、さすがは立派な胸の持ち主。はち切れんばかりに育ち上がった乳が、ベストアングルで視界に突き刺さる。薄手のシャツということもあり、谷間がコンニチワと言っている。

コンニチワー。

とか思ってる場合ではなかった。

「この前、終業間際に泣きついてきたのは、どこのどいつだったカナー？」

「……」

ばっちり覚えているだけに、そりゃ顔も強張る。

先週の金曜、終業時刻ギリギリのタイミング。得意先から電話が掛かってくる。

内容は、「大規模なイベントを開催するから、至急広告を作ってくれ」という無茶ぶり。

簡単なものなら俺でも作れるが、高クオリティかつ至急ともなれば、俺では力不足。

そこで、因幡深広様に泣きついた経緯である。

営業職の苦しみを思いっきり共有しているだけに冷や汗ダラダラ。

「そ、その節は大変お世話になりました……」

反比例して、因幡の表情はホクホク。

「あの後、合コンあったのに、ドタキャンしたんだよなー」

「ぐぐっ……、」

「あ〜あ。運命的な出会いがあったかもしれないのになー。未来のダーリンがいたかもしれないのになー」

「ぐぐぐっ！」

「ワタシの寿退社が遠のいちゃった――、」

「～～っ！　俺が悪かったよ！　営業もデザイナーも皆平等に社畜だよ！」

「うむ！　分かればよろしい♪」

お前は分かられていいのか？　とツッコむのもナンセンス。

口を開いてアピールしてきたので、２コ目のからあげクンを奉納。

「さんきゅー♪」

俺の非礼無礼は水に流してくれるようだ。因幡大明神は口をモグつかせつつ、自分の席へと戻っていく。グッバイ、おっぱい。

「てか、因幡って寿退社に憧れてたんだな」

「ん？　まだまだ自由気ままに遊びたいお年頃だけど？」

「…………」

グッバイ、からあげクン×２。

「深広先輩、深広先輩」

俺が絶望に打ちひしがれると、新卒小娘が唐揚げ泥棒へと身を乗り出す。

「んー？　どしたの渚」

「新卒時代のマサト先輩が、鏡花先輩に怒られていた話を教えていただければと！」

チッ……。今のやり取りで有耶無耶にはできんかったか……。

なんて強欲な奴だ。豪勢な弁当にスープパスタやデザートまで付いているというのに、人の不幸までオカズに取り込もうとしやがる。

メシウマ案件にはさせねーぞ、コノヤロウ。

「伊波よ。別に面白い話なんて何一つないぞ」

「そうなんですか？」

「おう。新卒時代の俺は、年相応に甘ちゃんで非常識ってだけだからな」

「面白さしか感じないのですが……」

ワー。笑イノ沸点低ーイ。

新卒時代の俺は、学生気分にヒッタヒッタ。ほうれん草のお浸しもとい、学生気分のお浸し状態。

要するに学生気分が全く抜けていなかったのだ。

何食わぬ顔で、たまごサンドを頬張っている因幡に一言申したい。

「てか、因幡だって俺と一緒によく怒られてたじゃねーか」

「えー。たとえば？」

たとえばだぁ？

「忘れたとは言わせんぞ！　新人研修終わり、２人でゲーセン寄ったのバレて、しこたま涼森先輩に怒られただろーが！」

「あ〜！　あったねー、そんなこと！」

　何ワロとんねん。因幡が顔を明らめる。

「アレって、風間が最新の格闘ゲームしたいから寄ったんだっけ？」

「お前が『久々にプリクラ撮りたい』って、俺を道連れにしたのが原因な」

『記憶を改ざんすんじゃねー』という意味を込めて視線を送れば、因幡がニタニタとまたしても距離を詰めてくる。

「道連れとか言うなよー。ウチらカップルモードで撮影した仲じゃん」

「ブホッ……!?」「えっ！　いいなー！」

　啜っていた麺が大暴発。目の前の伊波がエキサイティング。

　鼻の奥底に入った麺を対処している時間が惜しい。

「ご、誤解を与えるような言い方すんじゃねえ！　因幡が悪ノリでカップルモードを選択しただけだろ！」

「風間酷いっ！　個室を良いことに、カメラの前であんな恥ずかしい命令や行為に及んだのに！　ワタシ、お嫁に行けない身体にされたのにっ……！」

「ええ⁉　マサト先輩、そんなアンジャッシュみたいなこと――、」

「アンジャッシュしてねーわ！　因幡は冗談の度が過ぎんだよバカタレ！」

「アハハハハッ！　ほんと、風間からかうの面白いわー♪」

まさに抱腹絶倒。目尻に涙が浮かぶくらい、呼吸するのも苦しいくらい因幡は大爆笑しやがる。そのまま呼吸困難で病院に搬送されたらいいのに。

「騒がしいと思って来てみたら、どんな会話してるのよ……」

分かりみが深すぎる。

涼森先輩降臨。

さすがは我らの上司であり良心。騒ぎを聞きつけて顔を出してくれたようだ。

食後のドリンクである野菜ジュース片手に、涼森先輩が俺の向かいの席へ。

頬杖と溜め息を同時につかれてしまう。

「全くこの子たちは。食事中にどうやったら、そんな話題になるの」

サラダをパクついていた因幡が、こてんと首を傾げる。

「あれ？　事の発端って、鏡花先輩じゃなかったっけ？」

「え……。私が原因……？」

アンジャッシュ続けんじゃねえ。涼森先輩の顔が青くなったじゃねーか。

「おい伊波。この言葉足らずの阿呆をカバーしろ」

　さすがは俺の後輩。「任せてください！」と、ドンッと胸を張る。

「右も左も分からないマサト先輩を、鏡花先輩が手取り足取り教えてあげたのがキッカケですっ！」

「ド阿呆！　俺まで変態にすんじゃねー!?」

「〜〜〜っ！　私が変態なのも訂正しなさい……！」

　頬をつねられても、痛さより罪悪感しか感じない。

　頼れるものは己のみ。助け船を要請した俺が馬鹿だったと、ジットリ眼の涼森先輩に弁明していく。

「新卒時代の俺は、涼森先輩によく教育されてましたよねって話をしてました」

「教育というより説教ですよね？」「教育というか説教ね」

「余計なとこだけハモるなよ……」

　もはや確信犯だろコイツら。

　助け船どころか魚雷が直撃したものの、最低限の誤解は解くことはできたようだ。その証拠に、涼森先輩の表情は『恥じらい』から『納得』に変わっている。

　これにて一件落着。

「確かに、あの頃の風間君は小生意気だったなぁ」

「え……」

一難去ってまた一難。

変態扱いされた報復？　面白い玩具を見つけたから？

年上お姉さんのドS発動。「一体、いつから小悪魔は2匹だけだと勘違いしていた？」の如し。涼森先輩の臀部から細長い尻尾、頭から小ぶりな角がコンニチワ。

小悪魔三姉妹が結成された瞬間である。

涼森先輩。貴方だけは味方でいてほしかったです……。

三女エキサイティング。

「ということは、マサト先輩がヒヨッ子だったというのは真実なんですね！」

「うーん、真実ってことでいいんじゃないかな？　私が教えた子の中だと、一番手の掛かったのは風間君だったし」

「一番は盛り過ぎですって！　せいぜい真ん中――、より少し下くらいでしょ！」

「えー」と言葉を伸ばす長女は、そりゃ楽しそうに俺をニコニコ見つめてくる。

「な、なんスか？」

「GW明け。盛大に寝坊してきたのは、どの子だったかな？」

「ぐっ！」

「コピペ満載の資料持ってきて、私にこっぴどく怒られたのは誰だったかなー？」

「ぐぐっ……！」

「毎日、夜遅くまで一緒に残業してた子は誰だったかな～♪」

「…………」

まさに、ぐうの音も出ない。

否応なしに、俺が新卒、涼森先輩が教育係だった頃の記憶が蘇る。

金曜ロードショー、『新卒ポンコツの社畜日和』が脳内再生されてしまう。

◇◇◇

GW明け。俺が大遅刻を決め込んだときは、

「風間君。また夜遅くまでゲームしてたんでしょ？」

「……はい」

「別にゲームするなとは言わないよ？　けど、仕事に支障をきたす程しちゃうなら、ゲームは一日1時間にしよっか」

「ええっ⁉　いやいやいや！　eスポーツが普及する昨今、一日1時間は中々にエグい

「――、」

「今から半休取って、一緒にゲーム機売りに行く？」

「1時間コースでお願いします……」

1ヶ月間、『香川県ゲーム依存症条例の刑』に処されたり。

涼森先輩に手抜きがバレたときは、

「風間君。この資料、競合会社のWEBサイトからコピペしてきたでしょ？」

「⁉ どうしてバレ――、気付いたんですか……？」

「ウチで扱ってない広告サービスが1コ混じってる」

「……さーせん」

「あと、ここのデータなんだけどね。正しいかだけ確認しとくから、情報源(ソース)教えてもらっていいかな？」

「え⁉ ソ、ソソソソソースデスカ⁉」

「その慌てっぷり……。まさかと思うけど風間君。Wikiから引っ張ってきてないよね……？」

「…………。だ、大正解です」

「～～～！ このおバカ！ Wikiは参考にしちゃダメって前も言ったでしょ！ 作

り直し！」

「はひぃぃぃ！」

卒論や課題の隠蔽サイトこと、Ｗｉｋｉの引用がバレてしこたま怒られたり。

◇

映画の感想。

「いっそ、殺してください……」

全米もとい、全俺が涙した。

認めますとも。新卒時代の俺がポンコツ大馬鹿野郎なことを……。

肩身の狭さＭＡＸ。右肩と左肩がくっつきそうな程の圧迫感を覚えつつ、カップ麺のスープを一飲み。味がしないのは言うまでもなく。

小悪魔となった涼森先輩にも、未だ人の気持ちは残っているようだ。

「ちょっと、からかい過ぎちゃったかな」

「ちょっとじゃなくて、だいぶなんですけど……」

「えー。本気出したら、私もっと頑張れるよ？」

ゾッとする反面、ちょっとのエロスを感じてしまう自分が情けない。

「やっぱり自分で手塩にかけた後輩は、いつまでも可愛がっちゃうものだからね」

茶目っ気たっぷりな笑顔で手を合わせるのは反則だと思う。

本当にズルい。年上お姉さんにそんなこと言われてしまえば、コチラ側としては照れを隠すことくらいしかできない。

おまけに、

「マサト先輩も、私のことをいつまでも可愛がってくださいね♪」

伊波も殺しにかかってくるのだから、堪ったもんじゃない。

「あははっ！　数年後は、上司になった渚が風間を可愛がってるかもだけどねー！」

因幡よ。お前はブレなくて安心したぞド畜生。

とはいえ、伊波のハイスペックぶりを間近で見ている身としては、真っ向から否定できないのが悲しいというか、世知辛いというか。

俺の哀愁漂う顔面を察知した伊波が、両手を握り締めてガッツポーズ。

「大丈夫ですっ。私がマサト先輩より出世しちゃったときは、毎日の飲み代、しっかり奢らせていただきます！」

「え……。俺、毎日飲みに連れ回されるの……？」

「えへへ。飲みニケーション三昧です♪」

ただのアルハラじゃねーか。

人の不幸は蜜の味？　将来、俺の肝臓がご臨終になるのが嬉しくて仕方ないのだろうか。

尚も涼森先輩は俺らのやり取りを微笑まし気に眺めている。

しかし、ドS故の笑顔ではないようだ。

「意地悪で喜んでるわけじゃないよ？　君たちみたいに元気な子が沢山入ってくれて本当に良かったなって」

「俺たちみたいな、ですか？」

3人の注目を浴びる涼森先輩は、首を縦に振る。

「私が入社したときは、一回り上の人たちばかりだったから。新卒採用も私1人だけで結構寂しかったんだよね」

涼森先輩は本心を隠すつもりはないのだろう。だからこそ、惜しみない笑顔のままでいてくれる。

その笑顔は小悪魔ではない。

「だから、今みたいに皆でお喋りできる時間がついつい嬉しくなっちゃうの」

おかえりなさいませ、女神様。

我らが頼れるお姉さんが復活した瞬間である。

伊波もようやく気付いてくれたようだ。俺のしくじり昔話を聞くよりも、憧れの存在、涼森先輩の話を聞くほうがよっぽど有意義なことに。

「久々の新卒採用ってことは、鏡花先輩は入社前から高く評価されてたんですね！」

「全然そんなことないよ。新卒時代の私も、沢山ミスしたり注意されてたからね」

伊波は意外だったようで、「えっ」と口を開く。

「そりゃそうだろ。いくら涼森先輩でも下積み時代はあるって」

「そうではあるんですけど。『できる女っ！』ってイメージの鏡花先輩なだけに、ちょっと想像できなくて」

「想像しやすい俺で悪かったな」

「いえいえ。おかげ様で沢山想像できました♪」

軽くジャブ入れただけで、馬乗りでフルボッコだもんなぁ……。

伊波にとって初耳情報なのだろうが、涼森先輩との付き合いが5年目に突入する俺としては、何度か聞いたことのある話。嘘をついてまで自分を卑下する必要などないし、本当の話なのだろう。

同期である因幡も、俺同様、涼森先輩の若かりし頃の話を知っている。

否。俺『以上』に知っている。

「うんうん。今の鏡花先輩からなんて、絶対想像できないよねー」

あーあ……。言いおった……。

さすがはイタズラ大好き娘。「上司でも、隙あらばイタズラしまっせ」と言わんばかり。えくぼができるくらい白い歯を因幡は見せびらかす。

「？？？　今のということは、昔の鏡花先輩について、深広先輩は何か知ってるんですか？」

「おっ。渚は鋭いねー♪」

「よくぞ聞いてくれました！」と因幡はさらにテンションを上げると、ボリューミーな胸がへしゃげるくらい姿勢を正す。

「知ってるも何も、学生時代の鏡花先輩は――、」

「ミ・ヒ・ロ……？」

さようなら、女神様。

はじめまして、大魔神様……。

因幡の言葉を皮切りに、涼森先輩の周囲からは、殺意の波動がだだ洩れ放題。

柔和な笑顔はそのまま。にも拘らず、瞳の奥が笑っていない。

『余計なことを喋ってみろ。その瞬間、お前の命も尽きるぞ』

そんなメッセージがひしひし伝わってくれば、無関係な俺さえブルッちまう。

殺害予告を受けた張本人はどうするのだろうか？

大きな口をさらに大きく開けた因幡は、食べかけのサンドイッチを無理矢理に一口。

咀嚼(そしゃく)することしばらく。

「ゴチソウサマデシタ」

「あっ！　待ちなさい深広！」

因幡、食べ終わったゴミを手早くまとめて起立。そのまま、出入り口目指してスタコラサッサ。

あの野郎、逃げやかった……。

「ちょっと楔(くさび)刺してくるから、私も失礼するね！」

釘(くぎ)じゃなく楔あたりが、ガチさを感じる。

野菜ジュースを一気飲みした涼森先輩も、制裁を食らわすべく休憩スペースを飛び出ていく。さすれば、俺と伊波、２人きりの世界に逆戻り。

「ねーねー、マサト先輩」

「ん？」

「鏡花先輩の学生時代について、先輩は何か知ってますか？」

若者の好奇心が怖い。

それ以上に、

「…………知らね」

涼森先輩の報復が怖い。

というわけで、「あーっ！　その目線を逸らす感じ、絶対何か知ってる！」と伊波に騒がれたところで、俺は口を割る気は全くない。

すまんな伊波。俺はまだ死にたくないんですわ。

8話：休日の思わぬご褒美

確証はない。

けれど、間違いなくそうだと思った。

「………」

遮光カーテンを開けずとも、朝の陽ざしを浴びずとも。床に無造作に放置されたスマホが鳴り響けば、否応なしに目が覚めてしまう。

ベッドの上、瞼を開くまでの穏やかな気持ちは何処へやら。

信じたくはない。信じたくはないが、恐る恐るテレビを点けてみる。

普段なら、『今日も素敵な一日をお過ごしください♪』と、可愛い系のお天気お姉さんがハニカミ気味な笑顔で両手を振ってくれていただろう。俺も会釈していただろう。

今現在はどうだろうか。

『わ〜〜〜！　今申し込めば、ハンディクリーナーが2台も付いてくるんですかー⁉』

通販番組にて。ちょっと旬が過ぎた女性タレントや芸人たちが、「お前ら、そのブツ本当に欲しいんか？」と聞きたくなるような商品を欲しい欲しいとヒートアップ中。

そのまま、テレビ画面、左上の時刻に注目。

只今の時刻、10時37分。

「…………」

遅刻なう。

ぴえん。

アラサーが若者言葉を使おうと気色が悪いだけ。しかし、飲まないとやってられない夜があるように、現実逃避しなければ心のバランスが保てない。

「う、うおおおおおおおお⁉」

嘘です。現実逃避しても心のバランスは保てません。

どこでもドアどころか、タイムマシンを使わなければならない事態にパニック必至。

寝起きからエンジン全開。ベッドのスプリングを利用して、鳴りっぱなしのスマホへとビーチフラッグの如くダイビングキャッチ。

暴れ狂う心臓を鎮める時間さえ惜しい。電波と一緒に届けと、全力謝罪。

「おおおおっざっまーす⁉　じゃなくて！　誠にご迷惑お掛けしております！　可及的速

やかに出社させていただきますので、もう少々お待ち――、」

『……ふっ！　アハハハハッ！』

「え」

『おっざっまーすだって！　アハハハハッ！　風間君、いきなり笑わすのズルい！』

「その声は、涼森、先輩……？」

朝から明瞭快活。ツボに絶賛ハマり中なのは、紛うことなき涼森先輩。

部下へ雷を撃ち落とすのだ。直属の上司から電話が掛かってくること自体、何ら不思議ではない。

けれど、憤りとは程遠い笑い声が聞こえてくるのだから、そりゃ口も半開きになる。

「あの……、寝坊してるのに怒らないんスか……？」

『まだ寝ぼけてるの？　今日の日付、確認してみなよ』

「日付？」

年上お姉さんのクスクス笑い声をBGMにしつつ、いつぞやの町内会で貰った壁掛けカレンダーを確認してみる。

本日は8月11日の木曜。

平日にも拘らず、日付は黒色ではなく赤色で表記されている？

「山の、日……」

山の日。山に親しむ機会を得て、山の恩恵に感謝する日。

それすわなち、

「きょ、今日が祝日なの忘れてた……」

『うんっ、おっざっまーす♪』

「……おざまーす」

恥ずかしいというか、朝から幸せ一杯というか。

お天気お姉さん顔負けの挨拶を受けてしまえば、完全に思い出してしまう。

昨夜の終業間際（まぎわ）、

「さぁマサト先輩っ！　明日はお休みなので飲み放題です！　ご一緒にオールナイトニッポ～～～ン！」

「お前はいつからラジオパーソナリティになったんだよ」とツッコむ間もなく。伊波（いなみ）に腕を引っ張られるままに、東通りの飲み屋で日本酒三昧。

さすがに終電ギリギリで解散したものの、少し羽目を外し過ぎた。帰宅早々、堅っ苦しいスーツを脱ぎ捨ててベッドへダイブ。そのままスリープモードへ。

そして、今に至るというわけだ。

まるで寝起きドッキリを食らった気分。天井知らずだった緊張やら恐怖心やらが急激に消失し、正座体勢から、うつ伏せにへたり込んでしまう。

「心臓に悪いです……。マジで人生終わったかと思いましたよ……」

『ごめんごめん。けどさ、これでも気を遣って遅めに電話したんだよ？』

「気遣いがもう少し欲しかったです」

『あっ。生意気言われた』

電話越しでも、涼森先輩がジト目で怒っているフリをしているのが容易に想像できる。

答え合わせしたいんで、ビデオ通話に切り替えてもいいでしょうか。

下心はさておき。

「で、休みの日にどうしたんですか？　仕事のトラブルとか？」

いくら親しい間柄とはいえ、俺と涼森先輩は仕事仲間。モーニングコールでイチャコラするような関係ではない。

『ううん。別件というか、ちょっとお願いしたいことがあって電話したの』

「お願い、ですか？」

『今日って時間ある？』

「？？？　そうですね。ゲームして飯食って寝るくらいなんで、時間は有り余ってます」

『良かったぁ』

「ほあ」

独身男らしい、ワンパターンな行動で良かったということでしょうか。

というわけではないらしい。

『私とデートしてくれない？』

「………。ええっ⁉」

何この素敵な休日。

※　※　※

駅チカにあるチェーン系カフェは、休日の避暑地には打ってつけ。

角席のテーブル席へと腰掛け、背伸びしつつも周囲を見渡してみる。やはり同じ考えの人々は多いようで、冷房がガンガンに効いた店内は沢山の客で埋め尽くされている。

友人グループ、家族連れ、ドヤ顔マック、恋人同士などなど。

俺たちの関係は、一体どう思われているのだろうか。

「？　まじまじ見てどうしたの？」

カフェラテを飲んでいるだけなのに、実に絵になる人だ。

オフィススタイルな服装ばかり見続けてきたので、涼森先輩の私服姿はとても新鮮味を感じてしまう。何度も見惚(みと)れてしまう。

相変わらずセンスが良い。清楚(せいそ)感や清涼感を漂わせるフレアスカートに、ざっくりVネックが特徴的なサマーニットのコーデ。大人っぽさを引き立てるのは、なだらかな鎖骨部に飾られた細身のチェーンネックレスや、引き締まった足首を覆うヒールサンダルらのおかげだろう。

まじまじ見てる理由？

「いや、この人は自分の魅せ方を知ってるなぁと」

「人をブリッ子みたいに言わないの」

俺が注文したアイスコーヒーを頬にくっつけられてしまえば、ヒヤッとしたりキュンとしたり。俺の情けない反応に、涼森先輩がクスクスと笑ってくれたり。

あぁ……。こんな幸せが永遠に続けばいいのに……。

「で、どうかな？　ノートパソコンの調子」

「あー、そうスね。確かにキーボードの反応悪くなってますね」

知ってました。永遠などこの世に存在しないことくらい。

気付いてました。デートが冗談なことくらい。

ネタバレをしてしまえば、

『ノートパソコンの調子が悪いから相談に乗ってほしい』

デートのお誘い後、そのような言葉を掛けられてしまえば、己に求められているものが『異性としての魅力』ではなく、『同業者としてのPC知識』なことくらい存じ上げてしまう。

舞い上がる寸前に落ちたため、ダメージは然程（さほど）ない。むしろ、社内にはもっと詳しい人間がいるのに、俺へ白羽の矢を立ててくれたことが誇らしいまである。

泣いてねーし。マジで。

というわけで、修理に出すにせよ、買い替えるにせよ。まずは動作チェックを始めることから。カフェにてノーパソを開いているというわけだ。

「サイトのキーボードチェッカーで確認したんですけど、左部分のキーが完全に死んでるっぽいです」

「へー、そんなサイトあるんだ。どれどれ？」

向かいの席に座っていた先輩が、俺隣の席へと肩を寄せるように腰を下ろす。

画面共有するのだから当然の行動なわけだが、いつもと違う装い（よそお）なだけに少しばかりドキッとしてしまう。

結果画面を見て、ふむふむと頷(うなず)く先輩の横顔は真面目そのもの。「やっぱりココらへんかー」と動かなくなったキーを人差し指でポチポチ押してみたり、「困ったねー」と唇を少し窄(すぼ)ませてみたり。窄ませた唇のまま、カフェラテのストローを咥(くわ)える姿が色っぽかったり。

先輩上司と分かっていても、やはり綺麗(きれい)なお姉さんと認識してしまうのは仕方ない。

「やっぱり買い替えるしかなさそう？」

「あ、いや。パーツさえ手に入れば修理できると思います」

「ほんと？」

「このノーパソ、大手(バナ)の人気モデルだし、ＰＣショップならパーツ単体でも取り扱ってるはずですよ」

デスクトップ型と違ってノート型は修理しづらい印象があるが、パーツさえ手に入れば何とかなるケースも案外多いもんだ。

ましてや天下のパナ製品。代替パーツも充実しているのは言うまでもない。

「確実にゲットするなら、今のうちに通販サイトでポチっちゃいますけど、どうします？」

「うーん。風間君さえ良ければだけど、お店にまで連れて行ってほしいかな」

「えっ」

　少々というか、中々に意外な返答だった。

「もしかして風間君、早く帰ってゲームしたい感じ？」

「⁉　いえいえ！　嫌だから驚いたわけじゃないですって！」

「じゃあ、どうして『えっ』って驚いたのさ」

「いやー……、店に行くより通販利用するほうが合理的だし、涼森先輩っぽいかなーと」

　キャリアウーマン＝合理的な判断ができる
　スマートに仕事をこなし続ける涼森先輩のことだ。このクソ暑い炎天下の中、わざわざ店にまで足を運ぶような選択はしないと思っていた。

「効率ちゅーって奴だ」と不慣れなネットスラングを使う涼森先輩は、一度使ってみたかった言葉なのか。口にしただけでニコニコと満足気な表情になっている。

「確かに仕事では合理的だったり、効率的な作業を心がけてるかな。けどさ、休みの日くらい、まったり、まったり羽を伸ばしたいよ」

「まったり、ですか？」

　心からの言葉なのだろう。そう確信できてしまうくらい、目の前で頬杖つく涼森先輩はのんびり寛いでいるように感じた。ガラス張りのパネルから差し込む陽光も相まって、日向でまどろむ猫を彷彿させるくらい。

キャリアウーマンもウーマンなのだと当然なことに気付いたり、オンとオフをきっちり切り替えられるところは、さすがキャリアウーマンだと思い知らされたり。

何よりもだ。羽を伸ばす相手に任命されたことを知ってしまえば、コッチまで笑みが伝染ってしまう。

「どの店にもパーツ置いてなくて、無駄足になっても責任持ちませんからね？」

「いいのいいの。最悪は通販で買っちゃえばいいわけだしさ」

「まぁ、それもそうッスね」

「それにさ、」

「それに？」

「折角のデートなんだもん。のんびり楽しもうよ」

「っ⁉」

「あははっ！　顔赤くしちゃって可愛い！」

小悪魔お姉さん降臨。俺の純情を弄ぶことがそんなに面白いのか、特等席と言わんばかりに目の前で大笑い。

「あの、涼森先輩……？　ノーパソの命運を俺が握ってることは分かってますか？」

「んー？　明日は渚ちゃんや深広に、『おっざっまーす♪』って挨拶しちゃおうかな？」

「ぐっ！」

想像しただけでも恐ろしい……。

密告なんかされてみろ。1ヶ月はアイツらに、「おっざっまーす」をこすられちまう。

恨むべきは、夜遅くまで俺を連れ回した新卒小娘か、はたまた、楽しげに鞭を振り回すドSなお姉さんか。

知ってます。悪いのは寝ぼけていた俺です。

「よ、喜んでPCショップまで、ご案内させていただきます！」

「うんっ、エスコートお願いしまーす♪」

涼森先輩のイタズラたっぷりな笑みを間近で見れるのは眼福だが、尻に小悪魔の尻尾が生えているかを確認したいものである。

※　※　※

カフェでしばしの一服後、なんば駅から僅かに逸れたディープなスポットへ。

その名も〝でんでんタウン〟。

大阪の秋葉原と呼称される場所で、ＰＣ製品や電化製品、ゲームやアニメの専門店などが多く立ち並ぶ、いわば電気街というやつだ。

そんな電気街の一角、雑居ビル内にある大手ＰＣショップへと足を踏み入れれば、涼森先輩は「おおー」と感嘆の声を上げる。

「当たり前だけど、パソコンの商品ばっかり！」

知的なお姉さんでさえ、小学生並みの感想になってしまうほど。

見渡す限り、パソコン・パソコン・パソコン。

ＰＣ本体は勿論、ハードウェアからソフトウェア、アウトレットや中古まで何でもござれ。

宣言通り、涼森先輩は休日をまったり過ごす気満々のようだ。ショーケースに並べられた商品の数々を、それはそれは興味津々に眺め続ける。

「ねえ風間君。この小さい扇風機が３つ付いてる商品は何？」

「グラフィックボードですね。映像や画像なんかをより鮮明にするパーツです」

「巨大ロボットの操縦席にありそうなコレは？」

「巨大ロボット？　ああ。それはミキサーって言います。ゲーム実況や楽器関連なんかの音量を調整するときに使う機材ですね」

「えっ！　何このマウス！　虹色に光ってる！」

「それは男の浪漫（ロマン）です」

ゲーミング機器あるある。虹色に光りがち。

俺のクソ適当なガイドまで、「男の浪漫かー」と鵜呑（うの）みにする涼森先輩は、童心に返ったかのよう。マウスのＬＥＤが瞳に映り込んでいるだけなのに、本当にキラキラ輝いてさえ見える。

「風間君に連れてきてもらって正解だね。私１人だったら全然分かんないや」

「いやいやいや。俺もゲームで使うパーツくらいしか詳しくないですって」

普段からお世話になっている先輩なだけに、頼られれば頼られるほど、こっちまで嬉（うれ）しくなってしまう。好きなジャンル故、テンションだって上がってしまう。

「パーツ１つ取っても、ゲームの性能って大きく変わるものなの？」

「ぶっちゃけ、全っっっ然！！　違いますね」

「ほうほう。たとえるなら？」

「う～ん、たとえるならそうですね……。ママチャリ集団の中に、本格志向のプロレーサーが１人混じってる感じッスかね」

「あははっ！　何その独特なたとえ！　けど、すっごく分かりやすい！」

我ながらアホ丸出しなたとえだったものの、涼森先輩に伝わって何より。

笑ってもらえたことが嬉しかったり、誇らしかったり。

そんだけツボに入られると、小っ恥ずかしい気持ちが一番強いけども。

お目当てのキーボードパーツも見つかり、難なく購入完了。

難なくとはいえ、やはり入手できたことが嬉しいようだ。

「なんだか、水族館や動物園に来たみたいで楽しかったなぁ」

ほっこり笑顔の涼森先輩は、すれ違うビラ配り中の猫耳メイドに負けず劣らず。何ならメイド服にお着替えしてもらって、ニャンニャン言ってほしいまである。切実に。

煩悩（ぼんのう）に支配されていると、涼森先輩が、ひょこっと下から覗（のぞ）き込んでくる。

「それでさ、風間君。今買ったパーツを修理してくれるお店に持っていけばいいのかな？」

「あっ、いえいえ。修理店に持ち込まなくても大丈夫ですよ」

「？」

「簡単にキーボード外せるタイプなんで、俺がやっちゃおうかなと」

「えっ」

予想だにしない回答だったらしく、涼森先輩は青信号にも拘（かかわ）らず立ち止まる。

「さすがにブッ壊すようなことはしないと思いますけど、どうですか？」

「私としては大助かりだけど、そこまでしてもらっていいの……？」

遠慮気味な涼森先輩に対し、ニッと笑ってみせる。

「ドンと来いですよ。てか、普段からお世話になってる分、ここで回収させてください」

紛(まご)うことなき本心である。

新卒のペーペー時代から良くしてもらってる先輩なのだ。自分にできることがあるのなら率先して力になりたいに決まっている。

俺の発言が、あまりにも柄にもなかったからか。

涼森先輩が唇に指を押し当て、クスクスと笑い始める。

「ちょっとクサすぎましたか？」

「ううん、だいぶカッコよすぎたから。ついつい嬉しくなっちゃったの」

「……っ！」

「それってニュアンス的に同じ意味じゃね……？」とツッコみたくなるものの、男という生き物は単純。年上お姉さんに褒められてしまえば、頬が緩みそうになるのを必死に堪(こら)えることしかできない。

「それじゃあ、お言葉に甘えて風間君にお願いしちゃおうかな」

「う、うす！　全力で修理させていただきます！」

「今すぐ作業しろ」との御命令があるのなら、電気街のド真ん中で胡坐をかいて作業するくらいのモチべっぷり。迷惑系ユーチューバーかよ。

冗談はさておき。解散するにせよ、しないにせよ。交換用のキーボードやらノーパソやらは、俺が預かっておいたほうが良いだろう。

先輩の荷物へと手を差し延べたときだった。

「あっ。良いこと思いついちゃった」

「？？？　良いこと、ですか？」

「うん」と頷いた涼森先輩が次に取った行動は——、

「！！！？？？　す、涼森先輩⁉」

俺が驚くのも無理はない。

荷物を回収しようと差し伸べた俺の手を、涼森先輩が握りしめてきたから。

そして、にっこりスマイルで言うのだ。

「私の家で修理しちゃいなよ」

「………………。⁉　えええええ〜〜〜っ⁉」

電気街の中心。サンシャインばりの咆哮に、通行人が何事かと注目してくるものの、気にする余裕などあるわけもなく。

※　※　※

素晴らしき休日を通り越して、「明日死ぬのでは……？」と心配になるレベル。

本日、何度目だろうか。修理作業中の手を止め、部屋を見渡してしまうのは。

白を基調とした室内は、『洗練』という言葉が相応しい。

服同様、インテリアのセンスも抜群。柔らかく室内を照らす間接照明、白を映やす緑々しい観葉植物、額縁に飾られたアートボードなどなど。ガラステーブルに置かれた伊右衛門のファミリーボトルでさえ、この夏イチ押しのマストアイテムに見えてくる。

ＹＥＳ，涼森先輩宅なう。

ムフフなイベントなど起こらないことくらい分かっている。けれど、俺も立派なものがぶら下がっている益荒男。モジモジ＆ソワソワしてしまう。

「風間くーん」

「ひゃい⁉」

ごめんなさい、ただのモヤシっ子です。

声のする方へと振り向けば、キッチンにいる涼森先輩が、『おいでおいで』と俺を手招いている。

「キョロ充きっしょ」と蔑みを受けることを覚悟しつつ、キッチンへと小ダッシュ。

どうやら、邪な気持ちを見透かされたわけではないらしい。

「味見してもらっていいかな？」

「は、はい喜んで！」

居酒屋テイストな返事をしつつ手を差し出せば、鍋で仕込み中のハッシュドビーフを小皿によそってくれる。

匂いや見た目だけでも美味さが伝わってくるし、口に含めば確信へ。

「うす。死ぬほど美味いッス」

「風間君死んじゃうの？　だったら盛大に焦がしちゃおうかな？」

「訂正します。生き返るほど美味いんで、そのまま食わせてください」

「あははっ！　仕方ないなぁ」

笑ってくれる涼森先輩が天使すぎてツラい。

キッチンでイチャイチャ。ちょっとした新婚生活ごっこに多幸感を抱いてしまうのは、独身男だから仕方がない。

そもそもの話、涼森先輩のギャップがズルい。

普段はスーツを着てバリバリ働くキャリアウーマンなのに、今現在はエプロン姿に髪を1つにまとめた家庭的な女性モード。休日のマイホームということもあり、いつも以上に柔らかい笑顔が多いのもチート要素の1つだろう。

オンラインゲームだったら、通報ボタンに手を伸ばす自信しかない。

しかし、幸せな気持ちと同じくらい、『申し訳なさ』も感じている。

「何かすいません」

「うん？　どうして謝るの？」

「いや、だって。日々の恩返しのつもりで修理を引き受けたのに、夕食をご馳走してもらえるんですから」

俺が修理している手持ち無沙汰の間、涼森先輩は一緒に食べる夕飯を作ってくれている。

一見すると合理的に見えてしまうが、これではプラマイゼロ。恩返し感が弱まってしまうのは言うまでもない。

俺の申し訳なさなど何のその。涼森先輩は全く意に介していない様子で、

「浮いた修理費で美味しいものが食べれるんだから。私としては万々歳だよ」

「万々歳……、ってことでいいんですかね」

「いいのいいの。それにさ、こういうときじゃないと開けられないんだよね」

意味ありげな発言に思わず首を傾けてしまう。

「開けられない？　えっと、何が開けられない――、……あっ」

論より証拠といったところか。鼻歌まじりの涼森先輩が、床下にある収納庫から『とあるモノ』を取り出す。

「ワイン？」

「せいか〜い♪」

涼森先輩が見せてくれるのは、ボトルに入った赤ワイン。

イタリア産、フランス産、はたまたチリ産？　語学に乏しい俺では、ラベルに書かれた文字だけで、どこ産のワインか見当がつかない。

とはいえだ。英検3級の俺でも、『GRAND』や『Classe A』といったワードが力強いオーラを纏っていることくらい分かる。

「あの、涼森先輩……？　そのワインから諭吉の亡霊が複数見えるんですけど。ぶっちゃけ、かなり高価なワインですよね……？」

「…………。えへへ……」

何その、可愛さとドン引きの両立。

俺より稼いでいる人が照れ交じりに小さく舌を出すのだから、想定以上の諭吉たちが成仏している可能性大。

「取引先の人に、理不尽に怒られ続けた週があってさ。『すっごいムカつく〜〜！』って思った週末の帰り道、デパートで衝動買いしちゃった」

「成程……。思い切って買ったものの、開けて飲むのは躊躇ってた感じッスね……」

「お恥ずかしい話なんだけど、そういう感じッスね」

真似して笑っとる場合か。可愛いけども。

涼森先輩のストレス解消方法は、どうやら衝動買いのようだ。

社会人、ましてや社畜ともなれば、ストレスの発散方法を1つや2つ持っているに越したことはない。自慢じゃないが、俺だって持っている。

俺のストレス発散方法は、FPSやTPSゲームで腹立つ奴を思い浮かべながらマシンガンを乱射することであったり、カラオケの長時間パックでシバきたい奴をイジる歌を熱唱し続けたり。主に部長へ思い馳せているのは、お察しのとおり。

キャリアウーマンな涼森先輩でもストレスが溜まることがあるんだと、むしろ安心さえしてしまう。

「というわけだから、気兼ねしないで一緒に飲もうよ。コンペで風間君の案が採用されたお祝いも含めて。ね？」

全くを以てズルい。こんなアルハラだったら、毎日でも受けたいって思える中毒性があるのだから。

憧れの先輩のお言葉に甘えたいに決まっている。

「そう、ですね。そういうことなら、折角なんで美味しい料理とワインご馳走になります」

「うん♪」

嬉々とした表情の涼森先輩がキッチンへと向き直れば、俺も一仕事片すべく意気揚々とリビングに戻る。

我ながら単純な男だと思う。

※　※　※

「うし。直ったぁ……！」

パーツの交換作業も終わり、キーボードチェッカーで不具合がないかも確認完了。

背伸びしつつ、窓から差し込む夕陽を目一杯に浴び込む。

オートロック式のデザイナーズマンションというだけでも恐れ多いのに、日当りも良好。

日当たり？　ナニソレ美味しいの？　教えて環境アセスメントな我が家とは雲泥の差で

ある。

　無駄な切なさや敗北感を味わってしまうものの、最後の動作チェックを見守ってくれていた涼森先輩の笑顔を見てしまえば、マイナスな感情など簡単に吹き飛ぶ。

「本当にありがとうね。風間君が直してくれたおかげで、明日からもバリバリ働けるよ」

「いえいえ。明日からは、あまり無理しすぎないように働いていただければと」

「えーっ。それじゃあ、明日からは風間君に沢山仕事回しちゃおうかな？」

「…………。……うす」

「あははっ！　嫌々なの丸分かり！」

「冗談、冗談」と肩を上下させる涼森先輩は、そのまま壁掛け時計へと注目する。

　時刻は18時手前。黄昏（たそがれ）時といったところか。

「ちょっと早いけど夕飯にしよっか。お腹（なか）ペコペコでしょ？」

「ぶっちゃけると、かなり減ってます。やっぱり変な時間に起きるのは良くないですね」

「そそ。規則正しい生活が一番だよ」

　エプロンを整え直した涼森先輩がキッチンへ向かうと、そのまま炊飯ジャーを開く。

　炊かれた白米からほんわり湯気が立ち上がれば、それだけで空腹が増してしまう。

「あとはバターライス炒（いた）めれば完成だから。悪いけど、もう少しだけゆっくりしててね」

「あっ。雑用くらいなら俺でもできるんで、どんどん使ってください」

「使わせてくれるの？」と尋ねてくるお姉さんにエロスを感じてしまうのはここだけの話。

「うーん。それじゃあ、来客用のテーブルと椅子の準備をお願いしちゃおうかな」

「お安い御用です。この修理したノーパソはどうします？」

「ここにあってもだよね。悪いけど、寝室まで運んじゃってください」

一つ返事しつつ、シャットダウンしたノーパソを抱えて移動を開始。

寝室。それすなわち、リビング以上にプライベートな空間。

そんな空間に入れるということは、後輩として信用されている証拠なのだろう。

「異性として、全く見られてないんじゃね？」という考察にも行き着いてしまうのがエグいところではあるけども。

そんなことを考えても悲しくなるだけ。さっさと任務を完了すべく寝室の扉を開く。

初見の感想。

家賃10万円で間借りさせてください。

柑橘系のルームフレグランスが部屋全体を包み込み、セミダブルサイズのベットは、いつでも夢の世界へ入れるようベッドメイキングがしっかり施されている。シーツの上にはルームウェアらしきモコモコなパーカーが無造作に置かれており、ちょっとした生活感が

GOOD。

　可愛らしい趣味もお持ちのようだ。手乗りサイズのぬいぐるみたちが専用の小さな棚に並べられ、案外、リビングよりも寝室のほうが素が出ているのかもしれない。

　ギャップも感じつつ、『らしさ』もひしひしと感じる。

「やっぱ、スゲー勉強してんだなぁ」

　ＰＣデスクにノーパソを置きつつ、隣の本棚に注目。

　資格に関する教本であったり、ビジネススキルを伸ばすための実用書であったり。３段ある棚の殆どが勉学で埋まっている。集英社や講談社、小学館だらけな俺ん家の本棚と大違い。

　我が社に資格手当といった素敵な制度がないにせよ、直属の上司がここまで努力しているのだ。自分も何かしなければという感情くらい芽生える。

「何かオススメな本でも貸してもらおうかな」と思いつつ本を吟味していると、ふと、下段の左ゾーンに視線が吸い込まれる。

　さすがは我が社のオシャレニスト。ファッションの勉強にも余念がないようで、ファッション誌が各月ごと丁寧に並べられている。

　のだが、

「これは――」

とある一冊に違和感を覚えてしまう。

全て同じシリーズのファッション誌が並べられているにも拘（かかわ）らず、その一冊だけは、別シリーズのファッション誌。

別シリーズだから違和感を抱いているわけではない。年月（バックナンバー）だ。

他の雑誌が全て今年発売なのに対し、その雑誌だけは7年くらい前のものだった。

皆目見当がつかない。

――といえば、嘘（うそ）になる。

何となしに理由が分かっているからこそ、その雑誌へと恐る恐る手を伸ばしてしまう。

好奇心によって鼓動が高鳴り続けてしまう。

背表紙だけでなく表紙まで見てしまえば、好奇心は確信へ。

「おおう……！　やっぱり……！」

砂漠を放浪する旅人がオアシスを発見したような。

それくらいの感動が、胸の内側から全身へと一気に込み上げる。

男の俺でも知っている有名ファッション誌の表紙を飾るのは、20歳くらいの少女。

モデルの名はＭＩＲＡ（ミラ）。

明るめにカラーリングされた髪はゆるふわパーマで、透明感バツグンの色白な肌、大人びた容姿には少々派手目なメイクがピッタリ。

凜と涼し気な双眸に目を合わせてしまえば、雑誌を手に取った者の心を摑んで離さない。

余裕さえ感じさせる微笑を向けられてしまえば、男女問わず魅力に取りつかれてしまう。

かなり人気のある読モなのだろう。表紙にちりばめられた文言には、『ファン投票 3年連続1位！』『MIRAの7Daysコーデ』『#MIRA大人カワイイ』などなど。

「ファッション誌というより、MIRA情報誌じゃね？」と言いたくなるくらいの特集っぷり。若い子たちのインフルエンサーだったことが容易に想像できる。

若い頃でさえ、ここまで輝いていたのだ。今現在はさぞかし綺麗なお姉さんになっているのではなかろうか。

というか、

「実際、綺麗なお姉さんなんだよなぁ」

「風間君、テーブルと椅子、何処にあるか――、」

「へ。――――！！！？？？」

非情に懐かしい。自室でエロDVDをいそいそ見ていると、オカンがいきなり入ってきたかのような。

「……そ、その雑誌……！」

扉前。リビングからやって来た涼森先輩が、凛とした双眸を大きく見開いている。

そりゃそうだ。後輩が禁断の書をガン見しているのだから。

「あっと、そ、その！　あはははは……！」

まさに何も言えねぇ。

しかし、このまま何も弁明できなければ、先日の因幡（いなば）と同じエンディングが待ち受けているわけで。

まだ死にたくないからこそ、目一杯の作り笑いで言うしかない。

「えっと……、この本貸していただけませんか？　……ＭＩＲＡ先輩？」

「〜〜〜っ！　か、貸すわけないでしょ！　というか、その名前で呼ぶなバカ――ッ！」

「どわぁぁぁぁぁ！　バカですんませぇぇぇぇぇん！！！」

俺が爆弾処理班だったら大失敗だったと思う。

9話：涼森鏡花はキャリアウーマン。……だけでなく？

人気読者モデル　MIRA
その正体は、紛うことなき涼森先輩。

いくら有名人、熱狂的なファンがいるとはいえ。当時からオシャレに然程興味のなかった俺は、涼森先輩が読モとして活動していたことなど全く知らず。

入社式で初めて挨拶したときなど、「綺麗なネーチャンだなー」程度の感想だった。

隣にいた同期の因幡が気付くまでは。

「あ。MIRAだ」

ガッシリ腕を摑まれた因幡が、廊下にまで連れ去られた瞬間を今でも鮮明に覚えている。

その後、因幡と飲みに行ったときに、涼森先輩が赤文字系ファッション誌の看板モデルであったこと、順風満帆だったにも拘らず突然引退してしまったことなどを秘密裏に教えてもらった。

その夜の帰り道は、ＭＩＲＡについてググらずにはいられない。

当然、検索結果にはＭＩＲＡという名の若かりし涼森先輩の画像や記事などが沢山出てくる。水着写真や３サイズなどのお宝情報も満載。気付いたらスクショしていた。

お宝情報もさることながら、メイクやヘアスタイルだけでここまで印象が変わるものかと衝撃を受けたのが率直な感想である。

人の噂(うわさ)も七十五日。誰にも気づかれず社会に溶け込む涼森先輩がすごいのか、初対面でいきなりＭＩＲＡの存在に気付いた因幡がヤバいのか。

以上。元人気読者モデル、現キャリアウーマン。

ハイスペックながら、少しミステリアスな経歴を持つ女性こそ、涼森鏡花という存在だ。

※　※　※

「風間(かざま)君っ、ワインおかわりっ！」

「あの……、涼森先輩？　このワインすげー高いんですけど……」

「飲まなきゃやってられません！」

「うす……」

これ以上、意見しようものなら、ワイン瓶で頭をカチ割られる可能性アリ。震える右手を左手で押さえつつ、「ん！」と空になったグラスを突き出してくる涼森先輩へとお酌する。

透明なグラスがルビー色の液体で満たされれば、酔っ払いお姉さんはクイッと一口。

溢れ出る喜びを抑える必要はないと、恍惚な表情でうっとり。

「～～～♪　シャトーが複雑でリッチ～～～♪」

なんだろうなぁ。似たような日本酒好きの小娘がいたような気がする。

どうして我が社の女性社員は、ここまで酒に強いのか。

社風？

一仕事終えた本来ならば、楽しい楽しい会食の時間だったのだろう。

テーブルに並べられた、ハッシュドビーフ、カルパッチョ風サラダ、合鴨とクリームチーズの盛り合わせなどなど。至れり尽くせりなフルコースとワインを腹いっぱい、幸せいっぱい堪能していたのだろう。

今現在、食事に集中できないのは何故だろうか。

「全く！　風間君はデリカシーがないよ！　女性の部屋を漁るとかスケベだよ！」

「はい……。スケベですいません……」

アンサー。俺がファッション誌をガン見していたから。

いくら高価で美味しいワインを飲もうとも、涼森神のご機嫌は傾いたまま。

そんな先輩の顔が赤いのは、酔ってるから？　怒ってるから？

両方なのだろう。

そして、もう1つ。

「〜〜〜っ……！　若かりし私を見られたぁ……！」

恥ずかしいから。

普段は余裕たっぷりなお姉さんが、これでもかというくらい羞恥に悶えている。両手で火照った顔を押さえ、スリッパをパタパタ鳴らす光景は『萌え』という言葉がよく似合う。

すげー不謹慎だけども。

「そこまで恥ずかしがらなくてもいいじゃないですか。裸見られたってわけでもないし」

「うう……っ、裸を見られたほうがマシだったたまであるよ」

「………。えっ⁉　それって、今ココで記憶飛ばせたら裸見せてくれるってこと——、」

「そこまで見たいなら、記憶飛ばすの手伝ってあげよっか？」

「ひっ……！」

変身しました？　と聞きたくなるくらい。

萌えから恐怖へ。両手が仮面の如く涼森先輩から剝がれ落ちれば、ジト目を通り越したギロ目で睨まれてしまう。記憶どころか頭が吹き飛ぶビジョンしか思い浮かばなくなってしまう。

エロスより命が大事。

「さ、さーせん……。記憶はステイの方向でお願いします……」

「素直でよろしい」

「君はスケベじゃなくて、ドスケベだよ」と昇格はしたものの、大切な命を守ることができて何より。

落ちるところまで落ちれば、命以外、何を失っても怖くない。

ドスケベな小生、恐る恐る挙手。

「あの、涼森先輩。質問いいですか？」

育ちの良さが窺える。一口サイズの合鴨肉を口に運んだばかりの涼森先輩は、喋る代わりに小首を傾げる。

そのジェスチャーだけでは、許可を得られたかまでは分からない。

けれど、何も言えない今だからこそ、聞いてしまおうと思った。

「涼森先輩が人気読者モデル——、ＭＩＲＡだったことを隠したい理由って、恥ずかしいからだけじゃないですよね？」

「っ！」

咀嚼（そしゃく）しながら聞いていた涼森先輩の動きが止まる。長い睫毛（まつげ）が揺れる。

固まり続けるわけにもいかないと思ったのだろう。涼森先輩は水の力を借りて口の中をサッパリさせると、そのまま尋ねてくる。

「どうしてそう思うの？」

「うーん……、確信を持ってるわけじゃないんですけど、今回と前回の反応が結構違う気がしたからですかね」

「前回？　——えっと、この前のランチタイム中のこと、だよね？」

「はい」

前回。それすなわち、因幡が涼森先輩が読モをやっていたことを伊波（いなみ）にバラそうとしたときのことだ。

「涼森先輩がＭＩＲＡだった頃のファッション誌を俺がガン見してたのって、前回の因幡と同じくらいやらかし度は大きいと思うんです。自分で言うのもアレですけど」

下手すりゃ、因幡以上の刑を科されても、おかしくはなかっただろう。

「にも拘らず、今回の涼森先輩って『怒り』より『恥ずかしい』感情のほうが強いように見えるんです。因幡が伊波に秘密をバラそうとしたときは、本気で因幡のことを殺りにきてたのに」

「そんな、人を殺し屋みたいに言わないでくれるかな……？」

「さすがに殺し屋とまでは思ってませんよ。けど、それくらい必死になって因幡の口を封じようとしてたじゃないですか」

「……まぁ、そうなんだけどさ」

「ニュアンスが難しいんですけど、『恥ずかしいから黙らせたい』というより、『これ以上広まってほしくないから黙らせたい』って感じがしたんです」

「……」

ついに涼森先輩は黙ってしまう。

黙っているというより、考えているような気もするし、悩んでいるような気もする。悔しそうにも見えるし、ちょっと拗ねているようにも見える。

何を考えているのかは分からない。分からないが、先輩の繊細で複雑な感情は、今飲んでいるワインのように思えた。

そんなチープな表現が思い浮かんでしまえば、「俺も飲み過ぎてるんだろうな」と反省の色が滲み出る。

「あはは……、すいません。ちょっと踏み込みすぎッスよね。あの、涼森先輩が言いたくなかったら全然スルーしていただいても──、」

「ずるい」

「えっ」

「ここまでグイグイ聞いてきたくせに、最後の最後でいなくなろうとするの、ず・る・い」

何この人、超可愛いんですけど。

ムスッと眉根を寄せ、頬をぷっくり膨らます涼森先輩は、可愛さ余って愛くるしさ100倍。『ず・る・い』と小分けする言い方がずるい。

凛とした お姉さんのいじらしい姿に、目を奪われ続けている場合ではない。

「えっと……。ということは、俺に秘密を教えてやらんでもないってことでしょうか?」

アルコールによってほんのり赤い涼森先輩の顔が、俺の問いでさらに赤くなる。

「──それはその……、教えてやらんでも、ないんだけどさ……」

教えてもいいが、心の準備ができていないといったところか。

しっとり艶やかな黒髪を忙しなくいじったり、俺の視線から逃げるように大きな瞳が右へ左へ行ったり来たり。

ワイングラスへと手を伸ばせば、くるくるとグラスを回し続ける。一見、無意味な行為にも見えるが、心を落ち着かせる所作というのならいくらでも待ち続けようと思えた。

待ち続けた甲斐はあったようだ。

「……あのさ。笑わないで聞いてくれる？」

当然、笑ったり茶化すつもりなど毛頭ない。

酔い半分に聞くつもりはないと、コップに半分以上入った水を一気に飲み干してみせる。

そのまま姿勢を正せば、真摯さが伝わったようだ。

涼森先輩は俺を見据えて言葉を紡いでくれる。

「ＭＩＲＡとしてじゃなくて、涼森鏡花として評価してほしいから、かな」

「涼森鏡花として、ですか？」

「うん。自分なりに努力して成果を出したつもりなのに、『読者モデルをやってたおかげ』って言われたり思われると、仕事のモチベーション下がっちゃうもん」

「――あ」

先輩の望んでいることが何となしに分かった気がした。

もし、伊波であったり他の人間に過去を知られてしまえば、キャリアウーマンの涼森鏡花ではなく、人気読者モデルだったＭＩＲＡとして今後は見られてしまうかもしれない。

社会人として積み上げてきたものが、過去の栄光で霞むことを恐れているのだろう。

「だから、因幡が伊波に広めようとしたとき、全力で止めようとしてたんですね」

「仮に言うつもりがなくて冗談だとしてもね」

涼森先輩は苦笑いを浮かべる。

「初対面の深広に『あ。ＭＩＲＡだ』って言われたとき、心臓止まるかと思ったよ」

「そのときのこと、俺もすげー覚えてますよ。アイツって基本他人に興味ないくせに変なところは鋭いですよね」

天才気質というか、変態気質というか。それが因幡クオリティ。

「涼森先輩がウチみたいな中堅ブラック企業に入ったのって、やっぱり、自分のことを知らない会社のほうが働きやすいからですか？」

「言い方に悪意を感じるよ……。けど、まぁそうなんだよね。色々な会社のインターンシップや面接を受けてみたんだけど、唯一、私の読モ時代のことを詮索してこなかったのがウチの会社なの」

「へ〜」と思わず感心してしまう。

さすが我が社。若者のトレンドを追いかける時間があるのなら、契約の1つや2つ取って来いという鬼畜スタンス。無知の知。

知らなかった俺も言える口ではねーけど。

とはいえ、今の話を聞いてしまえば、少しばかり見直す気持ちも湧いてくる。

「ってことは、ウチの会社も案外捨てたもんじゃないかもですね」

「ん？　どうして？」

「だって、人気読者モデルのＭＩＲＡってことを知らずに、涼森先輩を採用してくれたってことですよね？　それって先輩の内面をちゃんと見て採用してくれたってことじゃないですか」

「…………」

「あ、あれ？」

まさに、『……おや？　涼森先輩の様子が……？』状態。

いつの間にか、涼森先輩の瞳から輝きが消えているではないか。

「……私にもね、『私の内面を見て採用してくれたんだ！』って、はしゃいでいた時期が確かにありましたよ……」

「えっと――、違うん、ですか？」

「入社して1週間くらい経った時かな。私を採用した当時の上司に、お酒の席で言われたことがあるの」

窓越しから見える夜空を見上げつつ、遠い遠い眼差しで涼森先輩は言う。

「『お前は顔が良いし、営業に向いてそうだから採った』って」

「……おおう」

前言撤回。

ウチの会社、安定のド畜生じゃねーか……。

「内面もへったくれもないオチですね……」

「でしょ⁉　そう思うよね！」

遠い目から一変。涙目で訴えかけてくる涼森先輩が切ない。

「心機一転、頑張る気満々で入社したのにさ。いざ蓋を開けてみると、『顔で選びました』だよ？　酷くない⁉　営業に向いてそうな顔ってどんな顔よ！　暴露するだけして、いつのまにか退職してるってどういうこと⁉　そもそも私の出してた希望、デザイナー職なんだけど！」

やけ食い？　スプーンをガッツリ摑んだ涼森先輩が、ハッシュドビーフを一口、二口と口の中いっぱいに頰張る。怒っているのだろうが、頰袋にエサを溜め込むハムスターのようにも見え、不覚にもちょっと癒される。

　もぐもぐタイムしばらく。ハッシュドビーフと一緒に怒りも飲み込めば、姿勢を正すのも馬鹿らしいと、涼森先輩はテーブルにぐったり頬杖づく。

「あの頃はすごく凹んだなぁ……。唯一、私の内面をしっかり見てくれる会社だと思ってたのにさ。内定貰えたどの会社よりも内面見てなかったんだから……」

「ドンマイとしか言えないです……。てか、ブラック企業であればあるほど、自社を魅力的に見せるのが上手いのって何でなんでしょうね」

「知らないよ。知ってたら、君も私ももっと良い企業に勤めてるでしょ」

「違いないッス」

「「はぁ……」」と物憂げな溜め息をついてから、二人してワインを口に含む。

　渋みが増した気がするのは、俺たちが社畜だからに違いない。

「あの、涼森先輩」

「ん？」

「今の会社、辞めようとは思わなかったんですか？」

　純粋に気になった。

　俺の場合、おおよその覚悟をして入社した。「大したキャリアも学歴もない自分が入れる会社など、何処（どこ）もどっこいどっこいだろう」と。

それ故、ここまでド畜生な会社と想定していなかったとはいえ、歯を食いしばればテクニカルノックアウトしないくらいには日々の理不尽やストレスに耐えることができた。

けどだ。涼森先輩は違う。

涼森先輩の場合、華々しい読者モデル業界から心機一転、リスタートしようとした。

自分の内面をしっかり見て採用してくれた会社の期待に応えようと、やる気と希望に満ち溢（あふ）れていた。

しかし、現実は全くに異なる。内面どころか外面で採用したとカミングアウトされてしまう。一生に一度しか使えない大切な新卒カードを、しょうもない会社に奪われてしまう。

サービス残業・休日出勤・パワハラなどは日常茶飯事。そんな自分の理想と酷く逸脱した環境で働くくらいなら、いっそのこと自分の華々しい経歴を生かして、別の企業に転職したほうがよっぽどマシな気がしてしまう。

繰り返す。だからこそ気になった。

「涼森先輩のキャリアを活かせば、第二新卒からでも全然――、」

「辞めようなんて思わないよ」

思わず目を見開く。

即答だった。

「だってさ。言われっぱなし、舐められっぱなしって悔しいじゃない」

テーブルに頬杖づくのを止め、しっかりと背を伸ばした涼森先輩は、面食らう俺へとさらに熱っぽく語る。

「むしろ、『ムカつく！　絶対ギャフンって言わせてやる！』とか、『顔だけの女と思ってたら大間違いだ〜！』ってなっちゃうでしょ」

凹んでいるのではない、凹んでいた。

今の話ではない。過去の話である。

恥ずかしながら、今になって思い出してしまう。

そうだ。この人はこういう人なんだ。

おっとりした見た目に反して、社内の誰よりも負けず嫌いで、勝つための努力を怠らない我が社のキャリアウーマン、俺ら理想の上司なんだ。

不足した知識を補うため、誰もが認める社員になるために精進し続けたのだろう。社内の誰よりも努力して、誰よりも働いたのだろう。寝室にあった本棚を見ればそんなことは容易に想像できる。

想像する必要もないのだろう。

涼森先輩の現状の地位こそが、全てを物語っているのだから。

「ふはっ！」

「風間君？」

自分がとんでもなくくだらない質問をしたことに気付けば、思わず吹き出してしまう。

そんな俺のリアクションを涼森先輩は勘違いして、分かやすくジト目で剝(むく)れてみせる。

「酷いなぁ。どうせ、『この人、飲み過ぎて気が大きくなってる』とか思ってるんでしょ？」

「いやいやいや！　性根が腐ってるから吹き出したわけじゃないですって」

「じゃあ、どうして笑ったの？」

「えっとですね。涼森先輩を採用した当時の上司は、やっぱり見る目があったんだなと思いまして」

「……。え～」

『君は性根でなく、人を見る目が腐ってるんですね』とでも言いたげ。

そんな残念がる先輩に教えてやるのだ。

「だってそうじゃないですか。たゆまぬ努力で営業成績トップを維持し続ける涼森先輩は、誰がどう見たって営業に向いているとしか言いようがないでしょ」

言われて初めて気付いたかのような。核心をグッと撃ち抜かれたような。

凛とした双眸の僅かな揺らぎが、とても印象的で綺麗だと思った。

素直になれないお年頃なのか。はたまた、賞賛されるのがシンプルにむず痒いのか。

「──そう言われちゃうと、そうかもしれないけど……。けどだよ？　私がここまで業績残すなんて、会社側としては全くの予想外だったと思うけどなぁ」

「ほほう」

「な、何？」

「涼森先輩としても、たっぷりの業績を残している自覚はあるんだなと」

「……っ！　おバカ！　先輩をからかわないの！」

「ははは っ！」

清楚系お姉さんの揚げ足取り最高。

これだけ豪勢な料理が揃っているものの、羞恥するお姉さんが目前にいるだけで十分。白飯何杯でもかきこめるレベルである。

とはいえ、優先事項は腹を満たすことでも、からかうことでもない。

「上層部のオッサンらが涼森先輩をどう評価しているのかは、当たり前ですが俺には分からないです」

「？　う、うん」

俺のすべきことは、リスペクトしている先輩をリスペクトすること。

「――ですが、」

「俺たち後輩は、涼森先輩に対して『元人気ナンバー1の読者モデルだから契約取れた』とか、『美人でスタイルが良いから出世した』なんて思ってる奴は1人もいませんよ」

「っ……！」

涼森先輩の表情は、酔っているから赤いのか、照れているから赤いのか分からない。

それでも黙って耳を傾け続けてくれる。

だとすれば、普段からお世話になっている先輩に、「俺含め、多くの後輩は貴方の背を見て成長しているんです」と伝えたい。

例を挙げたら本当にキリがない。

「涼森先輩が朝からスタバを使って仕事したり、なるべく遅くまで残業しないようにしてるのは、後輩に気を遣ってるからなのも知ってます。他のオッサン上司と違って、『自分が楽をするため』じゃなくて『俺らが成長するため』に時折厳しく接していることだって俺ら気付いてますから」

損な役回りだと思う。注意や説教されるのは疲れるけど、する側はもっと疲れる。カロリーだって消費する。

俺が新卒のペーペー時代、ボロカス注意されたり指摘されたのは、それだけ俺を見てくれたり気に留めてくれていたから。一人前の社会人に本気で仕立て上げようとしてくれたから。そんな当たり前のことに気付くのは、社会人としての自覚が芽生え始めてからだ。

前言撤回。

綺麗なお姉さんを、からかいたいだけなのかもしれない。

「俺が言うんだから間違いないですよ」

「えっ？　──どうして？」

勝ち誇ったドヤ顔にもなってしまう。

「涼森先輩が教えた後輩の中だと、一番手の掛かったのは俺なわけですからね」

「──あ……」

以前、自分が発言した記憶はしっかりあるようで、涼森先輩の口から吐息のような呟きが零れる。その反応を見れただけで、してやったりというか御馳走様ですというか。

とはいえ、達成感は次第に薄れ、恥ずかしいという感情のほうが勝っていく。

「ははは……。今日が平日なら思いっきり寝坊してたくらいですし、まだまだ社会人として半人前ではあるんですけどね」

上司からのモーニングコールに、「おっざまーす！」と挨拶してしまうくらいなのだから、半人前どころか1／3人前くらいなのかもしれない。

そんな純情な感情というか、ド阿呆なことを考えていたからだろうか？

はたまた、調子に乗ってからかいすぎた？

「こっち来て」

「えっ」

どうしたことか。涼森先輩が俺を手招いている？

正直に言えば超行きたくない。キュッと眉間を力ませ、口をキツく結ぶ表情は、明らかに照れよりも怒りの感情のほうが強いっぽいから。

けれど、さすがに「嫌です」なんて断れるわけもなく。恐る恐るテーブルを回って涼森先輩の前へ。

ここが先輩の自宅なのか先輩のデスク席なのか分からなくなる間際、

「ねぇ風間君」

「は、はい」

「酔ったことにしてくれる？」

「……ん？　それってどういう──、」

「君は本当に可愛い後輩だなぁ〜〜〜♪」

「はぁぁあん⁉」

思わず声も荒らげる。

座っていたはずの涼森先輩が、勢いよく俺へと飛びついてきたのだから。

否。抱き着いてきたのだ。

「すすす涼森先輩⁉」

怒っていたのではなく、この瞬間まで喜びを抑えていたのか。

俺が足に力を入れないと、俺が抱き支えないと倒れ込むくらいの熱烈な抱擁っぷりで、擬態語で喩えるなら『むぎゅううう！』というくらいの表現が相応しい。

「あ〜〜♪　日々の疲れやストレスが一瞬で吹き飛んじゃうなぁ〜♪」

「こっちのセリフです」と叫ぶ余裕さえない。それくらい綺麗なお姉さんの上気した体温、髪や肌からはいつも以上に柑橘系のサッパリした香りが意識を支配する。

『今の私は、貴方を激しく求めてます！』と、恥じらいは皆無。ハンムラビ王も舌打ちするレベルに、頬には頬、ヘソにはヘソ、胸板には形良いおっぱいを押し付けてくる。

夏季と冬季のボーナスが一気に支給されれば、誰だってエキサイトするに決まってる。

「いくらなんでもキャラ崩壊しすぎじゃないですか⁉」

「え～～？　だって、自分が一生懸命育てた後輩に褒められたんだよ？　そんなの目一杯抱きしめたくなっちゃうでしょ」

「先輩が綺麗なお姉さんじゃなかったら、訴えられても仕方ないですからね……？」

「えっ。なになに？　風間君は私のこと、綺麗なお姉さんと思ってくれてるの？」

「～～っ！　さっきからかったこと絶対根に持ってるでしょ！」

「さぁ、どうでしょ～♪」

尚もたっぷり密着されてしまえば、負けを認めざるを得ない。

全くを以て、この先輩には敵わない。

恩返しできると思いきや、それ以上の恩を返さたり。

揚げ足を取ったと思いきや、それ以上に揚げ足を取られたり。

トドメは、目の前一杯に広がる飛び切りの笑顔。

「風間君、ありがとね。今日は最高の休日になりました」

「！　……う、うす」

『最高の休日を得られた』という充実度だけは、涼森先輩と好勝負を繰り広げられているのではなかろうか。

「ふふっ！　風間君、いつまで照れてるの？」

「なっ――！　そんなもん抱き着かれ続けたら、いつまでも照れますって！」

「アハハ！　顔真っ赤にして可愛い～♪」

嬉しいのか酔っているのか分からないが、この後もしばらく抱擁というボーナスステージは続く。

圧倒的に、俺のほうが最高の休日なんですけど。

※　※　※

豪華な夕食やボーナスステージが終わり、涼森先輩のマンションから駅を目指す道中。

いつもなら夏夜の纏わりつくような蒸し暑さに只々参るばかりだが、クーラーによって程良く冷えた身体であったり、全身を駆け巡ったアルコールを分解するには、これくらいの気温が心地よい。

隣を歩く涼森先輩としても、心地よすぎたのかもしれない。

「はぁ⁉　殴ったんですか⁉」

当時を懐かしむように、涼森先輩はクスクスと笑い続ける。否定しないということは、そういうことなのだろう。

俺が素っ頓狂な声を上げている理由。

ＭＩＲＡこと涼森先輩に、読者モデルを突如引退した理由を教えてもらったから。

普段なら絶対教えてくれない。にも拘らず、すんなり教えてくれるのは、間違いなく『今日は最高の休日』と言ってくれたからに違いない。

でもって、そんなＭＩＲＡだった涼森先輩が誰を殴ったかといえば――、

「プロデューサーの顔面をグーパンって、それはマズいでしょ……」

暗い路地道、街灯の薄っすらした明かりが、俺のドン引きな表情を涼森先輩にお届け。

涼森先輩としては、俺の反応は不本意な様子。

「言っとくけど、私だって意味もなく殴ったわけじゃないからね？」

「じゃあ何で殴ったんですか？」

予期しない質問でもないだろう。

にも拘らず、涼森先輩は手入れが行き届いた黒髪をイジイジと触り始める。酔いもだいぶ覚めてきたはずのなのに、またしても顔を赤らめていく。

意を決したのか、俺を直視せず小声で教えてくれる。

「いわゆる、その……。ま、枕営業を持ちかけられまして……」

「…………。おおう……」

予期しなかった生々しいワードに、そりゃ言葉も詰まる。

枕営業。

業務上、付き合いのある人間同士が性的な関係を結ぶことによって、仕事を有利に進めようとする営業手法の1つ。

性的な関係が、パンパンやアンアンする行為なのはお察しの通り。

華々しい業界なだけに、その裏には陰りがあるというか何というか……。

「そういう話って実在するんですね。コンビニの雑誌コーナーに置いてあるような暴露本は、てっきりガセネタなのかと」

「うん。全部が全部実話ってわけじゃないだろうけど、少なからずあるみたいだね。――まさか、当事者になるなんて思ってもみなかったけど……」

そりゃそうだよな。枕営業覚悟で活動している人間のほうが少数派だろうし。

「にしたって、やっぱり思い切りましたよね。お偉いさんの顔面殴るって」

「だってさ！　本当にしつこかったんだもん」

眉間をしわ寄せてモロに嫌そうな顔をするのだから、余程しつこかったらしい。

「いきなり東京の事務所に呼び出されたと思ったら、『芸能界デビューを大々的にプッシュしてやるから、俺の愛人になれ』だよ？　大学の講義休んでまで来たのに、一言目がコレだからね？」

「それはご愁傷様ですね……」

「うう〜……！　今思い出しただけでも鳥肌立ってきた〜……！」

真夏の納涼・怪談的な？

語り手にも拘らず、涼森先輩は露出した華奢な腕を何度もさすり続ける。

美人が得する世の中とばかり思っていたが、残念な採用担当であったり、枕を持ち掛けるエロPであったり。美人は美人で気苦労が絶えないようだ。

「こっちが下手に出てたら、どんどん詰め寄ってきてさ。いきなり私の手を恋人握りしてきたと思ったら、『とりあえずホテル行って、身体の相性を確かめよっか』とか……！」

「な、成程……。それで正義の鉄槌を食らわしたわけですね」

力強く頷いた先輩は、『VTR再現余裕です』と言わんばかり。

「握ってきた手を振りほどいて――、返す刀でドガァァァァン！　だよ！」

何がすごいって、目の前にいないはずのプロデューサーが、先輩の右フックでブッ飛ぶ映像が見えたことだろう。

今ばかりは、キャリアウーマンの涼森鏡花ではなく、看板読モのMIRA。

昂る気持ちを抑えきれないと、先輩は声高に決めゼリフを言い放つ。

「床でのびるプロデューサーに言ってやったよ。『女舐めんな！　誰がアンタなんかに初めてあげるかー！』って！」

「ええっ⁉　は、初めて⁉」

　自分でもアホ丸出しで、ムッツリが過ぎる反応だと思った。

　けど、仕方ないじゃないか。

　涼森先輩の処女(バージン)情報とか、衝撃的すぎんだろ……！

　想像する反応と全然違ったようで、「ふぇ？」と先輩はちょっと間抜けな声を出す。

　しかし、

「……──あ」

　３秒もあれば自分がとんでもない失言をしたことに気付いてしまう。

　気付いてしまえばドンマイ街道まっしぐら。顔は瞬(また)く間に発火し、あまりの恥ずかしさに大きな瞳は瞬(まばた)きを忘れる。口はアワアワと分かりやすく動揺し続ける。

　大人お姉さんのレア顔である。

「〜〜〜っ！」

「す、涼森先輩⁉」

　涼森先輩は俺の両肩をしっかり摑(つか)むと、一心不乱に振るわ振るわ。

　可愛い以上に可哀想(かわいそう)。

「うぁぁぁ〜〜〜！　い、今のナシ！　絶対ウソだから忘れて！　というか、忘れなさい！」

「あ、安心してください！　俺、口は堅いタイプなんで誰にも言わないッス！　涼森先輩の未経験情報、しっかり墓場まで持っていかせていただきます！」

「おバカ！　そんな情報しっかり持っていこうとするなぁ！」

閑散とした信号下。大の大人が、ヤったただのヤってないだのでワーギャーするのってどうなのだろう。

どうもこうも。アホ極まりないよなぁ。

これ以上アホになりたくはないので、「今は経験済みですか？」というノンデリカシー極まりない質問も墓場まで持っていこうと思う。

10話：そば湯は我らのエナジードリンク

涼森(すずもり)先輩尽くしだった休日も明け、いつもどおりの朝が始まる。

『いつもどおり＝働く』という固定観念ができあがっていることが、社会人として誇らしいというか、社畜として諦めているというか。

自分で言っていて泣きそう。

「マサト先輩、おはようございまーす♪」

「おう、おはよう」

出社早々、いつもどおりの笑顔で挨拶してくるのは伊波(いなみ)。

飲み散らかした翌日でも元気いっぱいな奴(やつ)なのだから、休日明けともなれば十二分に気力や体力がフルチャージされているようだ。

伊波はデスクに資料やノートを広げて自習しており、有り余ったエネルギーを無駄にしないところは素晴らしいの一言に尽きる。

強いて気になる点を挙げるとすれば、

「何で俺の席で作業してんだ？」

「後輩が健気（けなげ）に頑張っている姿を、マサト先輩にいち早くお届けできればと！」

「健気さの欠片（かけら）もねぇ……」

「健気じゃなくて、ひたむきとか使ったほうが良かったですかね？」

思惑をカミングアウトした時点でアウトだ馬鹿野郎。

さすがの伊波も、先輩の席を陣取り続ける程、図太くはない。

「席をどけい」と手払いすれば、「ちぇー。褒めてくれてもいいのになぁ」とブツクサ言いつつもデスク周りを片していく。

片付け終えた伊波が椅子を引いてくれ、苦しゅうないと自分の席へと腰掛ける。

改めて伊波が持参している資料が目に入る。

「ああ。今日行く会社の予習してたのか」

「はいっ。今日が私のデビュー戦なので！」

やる気に満ち溢（あふ）れた伊波は、シュッシュッと口にしながらシャドーボクシングし始める。

先輩の顔面前でフリッカージャブすんなよ。

勿論（もちろん）、伊波がボクサーとして本日プロデビューするわけではない。

何のデビュー戦かといえば、伊波が自分でアポを取った会社へ商談しに行く日なのだ。

今までなら、俺の商談に伊波が同行する形がメインだったが、最近の伊波の成長ぶりを考慮すれば、ここらで次のステップを踏ませてもいいんじゃないかという判断の下である。

伊波が律儀(りちぎ)にも頭を下げてくる。

「今日はご同行よろしくお願いしますね」

「おう。まぁ、できるだけカバーはするから、のびのびやってくれ」

「のびのび頑張ります」と両手でガッツポーズする伊波には、緊張や不安の色は全く感じられない。むしろ、『契約は私に任せとけい！』と言わんばかりの熱量をひしひし感じるくらいだ。

大したもんだよな。俺が初めて商談を任された日の朝なんて、ブルーな気持ちでいっぱいだったのに。

これが持つ者と持たざる者の違いだろうか。

モチベーションの。

「二人ともおはよう」

「あっ。おざま――、おはようございます」

唇に指を押し付けて笑う涼森先輩には、俺の浅はかな考えなどお見通し。

「ふふっ！　おざますって普通に使えばいいのに」

「……う、うす。おざます」

「はい、おざます♪」

　朝から綺麗なお姉さんにからかわれる。これ以上の幸せが存在するのだろうか。

　涼森先輩の右手に注目。今日は朝スタバをしてこなかったようで、手に持っているのはコンビニのカップコーヒー。

　昨夜は「ファンタグレープですか？」と聞きたくなるくらい高級ワインを飲んでいたし、さすがのキャリアウーマンといえどギリギリまでベッドが恋しかったようだ。

「涼森先輩、昨日はご馳走様でした」

「ううん、こちらこそ。修理だけじゃなく、愚痴まで聞いてもらっちゃって本当にありがとね」

「愚痴だけでも全然聞くんで、必要とあらばいつでも使ってやってください」

「あははっ。新しいストレス発散方法ができちゃったかもね」

　目の前で惜しげなく笑ってくれるのだから、その言葉に嘘偽りはないのだろう。

　俺を使って、ストレス発散。

　うん……。ちょっとしたエロスを感じるよなぁ。

伊波が感じるのはエロスより疑問。

「ご馳走？　修理？」

「ああ。昨日は涼森先輩と会ってたんだよ。ノートパソコン修理するために」

「……。ええっ⁉」

伊波が声を荒らげつつ、詰め寄って来る。

圧がすごい。

「どうして誘ってくれなかったんですか⁉」

「どうしてって……。お前、パソコンを修理する知識あるのか？」

「皆無です！　けど応援はできました！」

何その、くそ要らねーオプション。

『コイツとはいつでも飲める』といったところか。

伊波は俺へ見切りをつけると、苦笑い中の涼森先輩へとターゲットを変える。

「いいな、いいな！　どこで飲んでたんですか？　お洒落(しゃれ)なワインバルとかですか？」

「へっ⁉」

苦笑い一変、涼森先輩は顔を赤らめる。

「……えっと。私の家で、です」

そこは素直にならんでも良いでしょうに。

別にやましいことは何もしていないし、隠す必要はないのかもしれない。

けれど、時と場合によっては誤解を招く可能性があるわけで。

言わんこっちゃない。

「！！！……も、もしかして、ご馳走様とか新しいストレス発散法ってエッチ――」

「なわけねーだろ、ドアホ！」「～～っ！　エッチしてません！」

休日明けの朝は騒がしい。

※　※　※

「本当に何もなかったんですか？」

「だから何もねぇって」

ざるそばをすすりつつ、ジットリ見つめてくる伊波の眼差し（まなざし）は『疑惑』のまま。

商談前の昼飯。立ち寄ったそば屋でも、向かい席に座る伊波が朝の一件について尋ねてくる。

朝の一件。それすなわち、俺と涼森先輩の関係について。

「今日の商談を成功させようと、私は家で一生懸命練習してたのになぁ」

「休みの日くらいゆっくりしろよ」

「じゃあ何で誘ってくれなかったんですか！」

「毎回そこに繋げんじゃねぇ！　――あっ、俺の鶏天！」

俺の天ぷら皿へと箸を伸ばした伊波が、鶏の天ぷらを素早く回収。そのまま口の中いっぱいに頬張れば、不機嫌で膨れているのか食いしん坊なのか分からなくなる。

人の好物を食った罪は重いぞと、伊波の皿から鶏天を奪い返そうとするが、既に胃の中らしい。何ならチクワしか残ってない。

「ちくしょう……。鶏とチクワってレート合わなすぎだろ」

「♪」

相変わらず美味そうに食いやがって……。

伊波がドヤ顔モグモグしていると、店のおばちゃんがサービスである湯桶に入ったそば湯を持ってきてくれる。伊波が前もって注文しておいたものだ。

伊波は未だに鶏天が口に入っていることから、おばちゃんにペコペコと何度も頭を下げながら、『どーぞ、どーぞ。ココに置いちゃってください』と身振り手振り。

俺以外に当たる気がないのは、喜ばしいことなのかキレていいことなのか。

ちなみにそば湯とは、名前の通り、そばを茹でる際に使用した茹で汁のこと。

湯呑に入れてそのまま飲むも良し、つゆと割ってスープ代わりに飲むも良し。店ごとに味の個性が出る裏メニュー的一品である。

関東ではポピュラーなそば湯だが、関西での知名度は一気に低くなる。そば湯を知っているのは、俺のようなリーマンや還暦を迎えた大ベテランばかり。

それ故、新卒小娘にツッコまずにはいられない。

「そば湯て。お前は通か」

「だって、そば湯好きなんだもん」

そば湯が好きだったり、日本酒が好きだったり。

コイツは人生2回目だったり、黒の組織にAPTX4869を飲まされた過去でもあるのだろうか。

残りのそばを平らげた伊波は、早速、そば湯の入った湯桶をつゆへと傾ける。

白みがかった湯は、そばの成分がたっぷり含まれた証拠。カツオだしのつゆと一緒に混ざり合えば、あっという間にそば湯スープの出来上がり。

伊波がスープへと口を付ける。

ホッコリと同時にニッコリ。

「ふぅ～……。そば湯のトロッと香ばしい味わいが、私の荒んだ心を癒してくれます

「……」

「大袈裟な奴だな」

「大袈裟なんかじゃありません。そば湯は偉大なんですっ」

そば湯じゃなくて、お前が大袈裟って意味だったんだけどな。

というものの、そば湯って本当に偉大なのかもしれない。

「うん……。いつまでも過ぎ去った日をウジウジ気にしてる場合じゃないですよね」

落ち着きを取り戻したというか、腹を括ったというか。

伊波は自分に言い聞かせるように呟けば、もう一度スープを一飲み。

そして、

「よ～し！ 私の休日が無駄ではなかったことを証明するためにも、今からの商談ラッシュ、絶対に成功させてみせますっ」

「お、おう」

アルハラではなく、そば湯ハラスメント。

『お前も一杯付き合え』と、伊波は俺のそば猪口にもそば湯を注ぐ。

注ぎ終えれば、伊波はさらなる決意表明。

「頑張って契約をＧＥＴするので、今宵は勝利の美酒で乾杯しましょうね！」

「俺は参加前提なんだな……」

「勿論ですよ。マサト先輩がいないと宴は始まりません」

どんちゃん騒ぎする気満々じゃねーか。

呆れる反面、やはり高スペック新卒娘に期待もしてしまう。コイツならワンチャン、その場で契約成立なんてことも有り得るのではないかと。

そんなことを考えつつ、そば湯スープを口に含む。

うん。まぁ美味いよ、そりゃ。

11話：「前向きに検討します」は、前向きに期待できない

俺の勤める会社は、ネット広告を扱う代理店である。

ネット広告とは、インターネット内で展開される広告の略称で、スマホやパソコン、タブレットといった端末を持っている人間ならば、必ずといっていいくらい目にしたことがあるだろう。

Yahoo!やGoogleで検索した際に表示される『検索連動型広告』であったり、WEBサイトやアプリに表示される『ディスプレイ広告』であったり。

YouTubeで流れる広告もネット広告の1つだ。「どんだけ同じやねん」と舌打ちしてしまうくらい毎回流れる広告も、スーツを着たオッサンが胡散臭い商材を売りつけようとしてくる広告も、駆け出しっぽいユーチューバーがキャイキャイはしゃいでいる謎の広告も右に同じく。

てな感じで、

『ネット広告に興味がある。けど、利用方法が分からない』

『広告運用に人員や時間が割けない』

『売り上げや知名度をアップさせたい』

などなど。

そんな悩める会社に代わり、ネット広告を運用・管理したりするのが、ネット広告代理店の業務内容というわけだ。

ネットやSNSが益々（ますます）普及する昨今だけに、広告代理店は年々増えている。

広告代理店の数は相変わらず東京が大多数を占めるものの、それでも俺の勤める代理店のように、他の都心部も増加傾向にある。

まさに需要と供給、WIN‐WINの関係。

——まぁ、需要が増えているからといって、簡単に商談が成立するかは話が別なわけだが……。

※　※　※

夕方過ぎ。本日最後の商談先へと向かう道中、

「ぜ、全然ダメダメです……！」

そば湯パワーは何処へやら。

真っ赤に染まる町並みをトボトボと歩く伊波の足取りは重々しく、ちょっと小突けば、真横のゴミステーションに頭から突っ込んでしまいそう。哀愁が半端ない。

それもそのはず。3件の商談を済ませたが、どこも反応がイマイチだったから。

1件目の不動産会社では、

「あ～、月々の運用費って結構するんだね。もっと安くならない？　ならないかぁ。う～～ん……」

2件目のリフォーム会社では、

「現状聞いた感じだと、別の代理店さんから貰った提案のほうが良さげかなー。何か大きな実績とかあれば、話は変わるんだけどねー」

3件目の設計会社では、

「ウチの息子、今年32になるんだけど全然出会いないらしくてさ！　お嬢ちゃん、もし良かったらウチの息子と会って――」

以下省略。

「設計会社のオッサン凄かったな。お前が断った瞬間、明らかに態度変えてたし」

「酷いですよね！　私、縁談じゃなくて商談しにきたのに」

ごもっともすぎて苦笑いしかできない。

腹立たしい感情を露わにする伊波だが、やはり一瞬だけ。

ネコ耳や尻尾があれば垂れるくらいの凹みっぷり。

「私、そんなに商談の進め方下手だったですかね……？」

「いや。ぶっちゃけ、普通に上手かったぞ」

即答できるのは、お世辞でなく本心だから。

挨拶や名刺交換もスムーズだったし、持ち前のコミュ力で雰囲気も終始良かった。

提案書を使ったプレゼンに関しては、初めてにしちゃ上出来すぎる。さすがに伊波１人に任せるのはまだ難しいが、それでも基本は安心して隣で見守ることができた。

「じゃあ、どうして箸にも棒にも掛からなかったんでしょうか」

伊波の真剣な眼差しを強く感じつつ、ゆっくり沈みゆく夕陽をぼんやり眺める。

「うーん。たとえるなら、そうだな……。球場で働くビールの売り子ってとこかな」

「？？？　売り子さん、――ですか？」

真剣な眼差しから、『ナニイッテンダコイツ？』という視線になった伊波に教えてやる。

「いくら器量や接客態度が１００点の売り子でも、生温い発泡酒しか用意できてなかったら買う気失せるだろ?」

「え」

伊波はようやく気付いたようだ。

「——ウチの会社のサービスって、生温い発泡酒レベルなんですか……?」

「……ふっ」

「は、鼻で笑われた⁉」

伊波さん、心中お察しします。

そうなんです。ウチのネット広告代理店、中小企業なんです。

どうひっくり返っても、最大手にはサービスで勝てないんですわ。

「いくら凄腕プロゲーマーだとしても、使ってるパソコンがゴミスペックだったら勝てる試合も勝てねーんだよ。いくらニュータイプのパイロットだとしても、乗ってるモビルスーツが量産型ザクならサイコガンダムには勝てねーんだよ」

「後半のたとえが全く分からないんですけど……。でも、言いたいことは何となく分かるような……」

どっちやねん。

とまぁ、アホ丸出しなたとえを連発してしまったが、俺だって伊波を徒に絶望させたいわけではない。

　何なら、努力が報われて欲しいと本気で思っている。

「まぁ要するにだな。お前自身に致命的な問題があるわけじゃないんだ。自信持ってやっていけば大丈夫だって」

「ほ、ほんとですか？」

「おう」

「次、商談に行く会社さん、生温い発泡酒でも買ってくれますかね……？」

「………おぅ」

「声ちっさ！　ちょっとマサト先輩っ⁉　目を逸らさないでくださいよう！」

　罪悪感から目を逸らしたわけではない。西日が眩しかったのだ。

　そういうことにしてください。

12話：方条(ほうじょう) 桜子(さくらこ)は合法ロリのゆるキャラ

「というか、伊波(いなみ)よ」

「はい？」

「もう駅から結構歩いてるけど、次の商談先は本当にここらへんなのか？」

かれこれ15分くらいは歩いただろうか。

周囲を見渡しても会社や事務所らしき建物は見当たらない。それどころか、一軒家が立ち並ぶ住宅街へと足を踏み入れていた。

小さな公園に取り付けられた防災スピーカーからは、子供たちに帰宅を促すメロディが流れており、俺の直帰したい欲を駆り立てる。

伊波はポケットからスマホを取り出し、地図アプリを開く。

「――えっと、ナビではもう見えてくるはずなんですけど」

そう言いつつ、伊波がキョロキョロすることしばらく。

「あっ。ありました！」

伊波が1つの建物を指差したので、俺も視線を合わせてみる。

「あ……？」

そりゃ変な声も出る。

パッと見、普通の一軒家なのだから。

自宅兼事務所というやつだろう。２階部分のバルコニーからは、『有限会社　方条工務店』というサビの浮いた看板が吊るされており、ガレージには年季の入った軽トラが1台駐車されている。有限会社という表記は２００６年以降は新設できなくなったと聞くし、結構古くからある工務店っぽい。

俺も社畜歴5年目だが、こういった『ＴＨＥ・町の工務店』のような会社に訪問するのは初めてだ。

初めて故、疑い深くもなる。

「……なぁ伊波。本当にこの家――じゃなくて、会社で合ってるんだよな？」

伊波は一つ頷く。

「方条工務店という社名ですし、間違いはないかと……」

「失礼な話、『ウチは紙チラシ一本、ネット広告なんてクソくらえ』感がすごいんだが」

「逆に言っちゃえば、新しいことに挑戦したいって考えてる会社さんなのかも……？」

逆に言っちゃおうとする時点で、お前も俺と同じ意見なんだな。

まぁ、伊波の言うことも一理あるし、ちょっと話を聞いてみたいという感じなのかもしれない。

腕時計を確認すれば、そろそろ17時を迎えるところ。

「何にせよ、商談の約束はしてるわけだし、とりあえず上がらせてもらうか」

「は、はいですっ」

「冷やかしでしたー！　プークスクスｗｗｗ」と相手に言われたら、涼森(すずもり)先輩呼んでグーパンしてもらおう。

伊波は手鏡で身だしなみを最終チェックした後、深呼吸を1つ2つ。

そのまま、インターホンの前に立ち、

「押しますね……？」

「お、おう」

意を決した伊波が、♪マークのボタンを押す。

『ピ～ン～ポ～ン』と間延びした呼び出し音が、外からでも建物内へ響き渡っているのが分かる。

「……………」

10秒？　20秒？

どのくらい待っただろうか。

「……いない？」「留守、なんですかね……？」

返事がない。ただのしかばねのようだ状態。

俺と伊波は顔を見合わせる。俺が人差し指を立てれば、伊波も理解したようにもう一度インターホンを鳴らしてみる。

リトライしても、結果は変わらず。

自分のミスかもしれないと、伊波は手帳を開いてスケジュールを確認。

「うーん……。日程を間違えたわけではないみたいなのですが……」

「とりあえず、先方に連絡入れてみてくれるか？」

「了解です」と返事した伊波は、すぐさま取り出したスマホをぽちぽち操作し、耳へとくっつける。

1コール、2コール、と鳴らすこと少々。

「あっ、もしもし！」

電話は繋がるんかい。

――何だろうな。暗雲垂れこめすぎて、もはや窒息死しそうだ……。

伊波が目の前にいない相手に対し、かくかくしかじか。身振り手振りを交えて説明する姿はちょっと面白い。

そんな光景をぼんやり眺めていると――、

「えっ」

喜ぶべき？　呆れるべき？

うんともすんとも反応しなかったはずの玄関扉が開いたではないか。

予想外すぎて、呆気に取られてしまう。

（従業員、……なのか？）

工務店＝ガタイの良い屈強なオッサン集団
そんな俺の浅はか極まりない思考を、一瞬で吹き飛ばす。

顔を出したのは、可愛らしい少女だった。

小柄な伊波よりも一回り以上小さく、歳は15、16くらい？

二つに束ねた髪は明るく染めてるし、さすがに中学生ではないと思う。

それでも、「義務教育の途中です」と言われてしまえば、「ああ、そッスか」と納得してしまうくらいあどけない顔立ち。

少女が出てきたことにも驚いたが、一番の驚きは服装だろう。

作業用ジャケットを着ている。

合うサイズがないのかブカブカで、何故(なぜ)か下半身は生足丸出しのスパッツ&便所サンダル。これが昨今ブームのワークマン女子という奴(やつ)なのだろうか……？

ゆるキャラっぽさ満載の少女は、片方のお下げが地面に付きそうなくらい、こてん、と首を傾(かし)げる。

「んん？　アンタたち誰？」

その言葉、そっくりそのまま返したい。

※　※　※

「飲み物、モンエナとレッドブルどっちがいいー？」

彼女の部屋っぽいところに通されていきなり声をかけられる。初めてだ。商談先でお茶とコーヒー以外を勧められるのは。

しかも、どっちもエナドリだし。

「……じゃあレッドブルで」

「あ、えっと。私も同じものをお願いしますっ」

「あいあーい。翼を授けるー♪」

お気楽全開な少女は、自室に備え付けられたミニ冷蔵庫から缶を取り出すと、そのまま俺たちの座るテーブル前へと置いてくれる。

お茶菓子に至っては、どうやら俺たちに選ぶ権限はないようだ。「コンソメパンチの気分！」と、手に持ったポテチの袋を開ける。パーティ開けである。

準備は整ったといったところか。

少女はブカブカの袖から出た小さな手に持った缶を持ち上げる。

「今日の出会いを祝して、かんぱーい♪」

いや、乾杯て。

「えへへ。友達の家に来た気分ですね～」

伊波は伊波で呑気か。缶同士を合わせるんじゃねえ。

溜め息をつきつつ、少女から貰ったレッドブルを早速いただいていく。

プルタブを引っ張り、カシュッと炭酸の弾ける音と同時に缶を傾ければ、エナドリ特有の甘さと強炭酸が全身を駆け巡る。

提供品としてぶっ飛んではいるが、美味いものは美味い。むしろ、『グッジョブ少女』と思ってしまう自分が情けない。

向かい側のソファにどっかり座る少女は、小さな口でバリボリとポテチを食べている。

「ごめん、ごめん。じいちゃんたち仕事行ってるの忘れてて、インターホン無視しちゃってた」

伊波は「えっ」と口を開く。

「じゃあ私たち、日を改めたほうが良かったんじゃないですか？」

「いいのいいの。こういう対応は、こーほーのわたしが担当だからねー」

「？‥？‥？　こーほー？‥」

「そそ。こーほーこーほー」

どこぞのダースベイダーみたいな呼吸をする少女は、何を血迷ったのだろうか。

作業着越しに、自分の両乳をいきなりペタペタと触り始める。

「あれれ？　ないなぁ……」

自分のペッタンコな胸を一生懸命探している。——という残念な行動ではなく、ポケットを物色しているらしい。

尻、右下、左下、と順番にポケットをまさぐることしばらく。

「お。あったあった！」

パッと顔を明らめる少女は、お目当ての品を見つけることに成功。名刺入れを探していたようだ。

名刺交換は社会人の嗜（たしな）み。俺と伊波も名刺入れを取り出し、少女と名刺交換タイム。

早速、ポテチの油ぎった指跡が滲（にじ）む名刺を読み上げていく。

「方条工務店、広報担当、方条桜子…………」

広報、担当？

こーほー……？

「こ、こーほーって、その広報⁉　——ということは……、じゅ、従業員だったのか⁉」

方条桜子なる少女は、「そだよー」と実にマイペース。

「わたしのじいちゃんが社長やってんの。んでもって、社会経験積ませるためにわたしの籍（せき）を用意してくれてるんだー。この部屋はマイ仕事場！」

マジかよ爺（じい）さん。孫を溺愛しすぎだろ……。

「失礼ですが、方条さんはおいくつなんですか？」

「20だよー。専門卒！」

「そうだったんですね……！　私、てっきり高校生くらいの女の子かと」

「よく言われる。合法ロリ！」

方条は、にしししし！　と白い歯見せるほど屈託なく笑う。

本人が笑顔なら、それはそれでいいと俺は思う。

「広報ってことは、君――、じゃなくて方条さんは、専門学校で経理系を学んでたのか？

それとも建築系とか？」

「ううん、eスポーツ学科！」

現代っ子やなぁ。

eスポーツ学科だったことも、彼女の作業スペースを見渡せば頷ける。

L字形の作業デスクの下には、バカでかい筐体のPCが設置されており、案の定、虹色に輝き続けている。詳しい型番までは分からないが、有名な宇宙人ロゴが入っていることから50万は軽く超えそう。

キーボードも虹色に光ってるし、マウスも「トランスフォームするんですか？」というくらいメカニカル。PCチェアもプロゲーマー御用達モデル。

「仕事で使うパソコンが、ゲーミング仕様ってスゲーな……」

「なははは！　ネット検索は一瞬！　エクセルやワードも開き放題！　Gmailなんて爆速で送れちゃうもんね！」

宝の持ち腐れという言葉を教えてやりたい。

頼むから、会社で使ってる中古パソコンと交換してください。

　方条は俺たちから受け取った名刺をまじまじ眺めた後、キョトンとした顔で首を傾げる。

「で、カザマとナギサは、ウチの会社に何しに来たの？」

　もはや呼び捨てとかどうでもいい俺に代わって、伊波が説明していく。

「えっと……。今週の月曜日に、私と電話でやり取りしたのは覚えてますか？」

「う〜〜ん……。全く覚えてないっ！」

「……ですよね」

　かろうじて罪悪感という感情は搭載されているようだ。方条はソファの上で正座すると、伊波へと手を合わせる。

「すまぬっ。わたしのことだから、ゲームしながら電話に出て、適当に返事しちゃったんだと思う」

　すごいよな。正々堂々、仕事サボってゲームしてたって暴露できるんだから。

　怒らない伊波もたいしたもんだ。デコピンの2、3発くらいなら黙認してやるのに。

「一応の予定では、方条工務店さんに広告サービスを提案するために今日は伺わせていただきました」

「サービス？」

　俺へのサービスのつもりか。方条は丈の長い作業着を、チラチラと捲(めく)ったり捲らなかったり。アホの子の生足とスパッツに興奮するわけもなく。

ゲーム好きなら広告サービスの説明は至極簡単。

「ツイッチやＹｏｕＴｕｂｅなんかで流れる広告を想像してもらえれば分かりやすいかな。

ああいうネットで使われる広告をウチで作ったり管理してるんだよ」

「あ〜、はいはいはい！　動画とか生放送のすっごくイイ感じのときに流れて、すっごく
イラッ！　とする広告のことね！」

「ウンウン。ソーソー、ソレソレ」

「マサト先輩⁉　折れちゃダメ！」

方条とは今日限りの付き合いだし、ここらでバッキバキに折れても良いんじゃないでし
ょうか。

窓から差し込む西日を眺めつつ、レッドブルを一口。ここで寄り道しなければ、今日も
一時間くらい早く帰れたのになぁとしみじみ。

そんなことを考えていると、

「うんっ。じゃあ契約しちゃおっか」

「……は？」「えっ」

幻聴、だよな……？

目の前の小さき人が、とんでもない発言を口にした気がする。

伊波も俺と同じ意見のようで顔を見合わせる。

「ん？　契約しちゃおっかって言ったんだけど」

「な、何を」

「ん？　広告サービスに決まってんじゃん」

「「……」」

「契約書って何いるん？　サイン？　印鑑？　印鑑いるなら、じいちゃんの部屋の引き出しから──、」

「「いやいやいやいやいや！」」

おかしな話だよな。勧めるためにやってきたはずの俺たちが、何故かテンパってるんだから……。

おい待て。冗談だろ。女子高生に毛が生えたような奴が何百万もの契約を即決できるのか？　できるわけない。

いや、俺たちとしては契約してもらったほうがいいんだけども。

もはや、敬語とかタメ口とかどうでもいい。

「計画性ゼロ過ぎるだろ⁉　爺さんの工務店潰す気かよ！　もっとよく考えろよ！」

「そ、そうですよ！　結構なお金が動くんですよ？　ご利用は計画的に！」

ケラケラケラ！　と方条が笑う。何ワロとんねん。

「だって契約すればウチの工務店繁盛するんでしょ？　だったらやったほうがいいじゃん」

「な、なんて適当な奴だ……。俺たちを信用していいのか？」

「じゅーぶん、じゅーぶん！　だって、悪い人たちだったら、本気で止めないで契約しようとしてくんじゃん。心配してくれたってことは、良い人たちってことだし」

いやそんなことで信用していいのか。俺たちがホントの悪人だったらどうするつもりなんだよ。まあ違うけど。

「で、どうする？　わたしは契約していいのか？」

「勝負師すぎる……。こっちとしては願ったり叶ったりだけど……」

「よし決まりー！　てなわけだから、これからよろしくね、カザマとナギサ！」

えいえいおーと何故か知らないが腕を摑まれて万歳させられる。されるがままになりながら、とんとん拍子で決まった大口の契約に、喜びより戸惑いと先行きの不安しかない。

「皆で方条工務店を日本一の工務店にしていこー！」

おい爺さん。アンタの孫、勝手に契約しようとしてるけど大丈夫か……？

※　※　※

「本当に契約して良かったのでしょうか？」

方条工務店から駅へ戻る帰り道。住宅街を通り抜けながら、伊波がぽつりと呟く。

いつもなら「今日はこのまま直帰して飲みにいきましょう！」と言い出すのに、あのモンスターチャイルドに毒気を抜かれたか、はたまたいきなり舞い込んできた契約に放心しているのか。

俺と伊波はただ駅だけを目指して歩く。空はすっかり暗い。住宅街にはカレーとかサンマを焼く匂いとかがそこはかとなく漂っていて、どこかのご家庭の温かな空気が仕事帰りの疲れた身体に沁みる。

「どうだろうな。かなり適当だったからな……。というか、お前も電話したタイミングで気付けよ、ヤバい奴だって」

「すいません。若くてフランクな女性だとは思ってたんですけど」

電話時点で判断できるようになるには、まだ伊波は経験値が足りてないか。

素直に謝る伊波。このまま後輩をしょんぼりさせたままでも良くない。

「まぁなんだ。初めての契約おめでとう」

肩をポンと叩けば、伊波は表情が少し明るくなる。

「とは言っても、方条の爺さんに断られて契約ナシっていうのも十分あり得るけどな」

「ちょっとマサト先輩、なんで上げて落とすんですか！」

「ははっ！　悪い、悪い！」

ぬか喜びにならないことを祈るばかりだ。

夜空を眺めつつ、今日は俺のほうから祝杯を誘おうかと一瞬考えたが、やり残した仕事を思い出して言葉を引っ込める。

勝利の美酒は、この契約が本決まりになったときのほうがいい。

13話：旅行積立費、またの名をぬか喜び

本日は給料日。

いつもは気だるい朝礼も、1ミリも聞く意味ナシな課長の身の上話も、給料日であるという事実だけで許せてしまう。

待ちに待ったというわけではないが、やはり1ヶ月の成果が形になる瞬間。テンションが上がるのは社畜の性というもの。

「やったー！　お給料だ♪」

俺の隣にいる伊波も大喜び。自分の給与明細書を眺めながら鼻歌を歌い出す始末である。

伊波のテンションも上げ上げ。

「えへへ♪　嬉しいなぁ～♪」

飲みに行きすぎて金欠なのだろうか。「やっと止められていたガスや電気が復活できます！」や「パン耳生活も脱出です！」とカミングアウトしそうなくらいのニコニコっぷり。

いくらウチがブラック企業とはいえ、一定水準の給料は貰っているはずなのだが。

「何だよ伊波。何か欲しいものでもあるのか？」

「いえいえっ。旅行ですよ、旅行！」

「へー。お前、旅行行くのか」

さすが、ついこの前まで女子大生。

このお年頃の女子たちは、何かと因縁づけて沖縄とか台湾に旅立つイメージがある。

凝り固まった偏見を脳内で巡らせていると、依然ニッコリ笑顔の伊波に言われてしまう。

「やだなー。マサト先輩も行くに決まってるじゃないですか」

「は？」

「も〜、しらばくれちゃって。ココですよココ」

伊波の細長い指が明細表のとある項目を指さす。

言われるがままに目を通し、ようやく理解する。

「あー。旅行積立金のことか」

旅行積立金。社員旅行で必要な金を、毎月の給料から一定額天引きするという、インドア派とアウトドア派で賛否が激しく分かれる費用のことだ。

成程。要するに伊波は、社員旅行が楽しみというわけか。

伊波のテンションMAX。満面の笑みでガッツポーズを繰り出す。小学生か、お前は。

「積立金が引かれれば引かれるほど、どんどん良いところに行けるんじゃないかなって夢が膨らんじゃいます！」

「……あのな、伊波」

「近畿圏内なら、海水浴場のある白浜とか淡路島ですかね？　あっ、旅行は年末年始だろうし温泉かな？　城崎（きのさき）とか嵐山とか！」

「伊波よ、実はだな――、」

「関西を飛び越えて、ディズニーランドとかハウステンボスとかでも嬉しいなぁ～。私、お城巡りとか観光地巡りとかもウェルカムです♪」

「だから俺の話を――、」

「もしかして日本を飛び越えて上海（シャンハイ）とかグアムとか――、」

「伊波！」

声量を上げたところで、ようやく伊波のマシンガントークを止めることに成功する。

そして、ようやく打ち明けることができる。うちの会社の世知辛い事実を。

「旅行には行かないんだ」

「え？」

「というより、行けないんだ」

「え……」

後輩を悲しませたくない気持ちは強い。だがしかし、教育係故、現実を教えなければならない。

「嘘、ですよね？」

「嘘じゃない。毎月積み立てはするんだけど、積み立てた分、年度末に戻ってくるんだよ」

「そんな……。で、でも！　今年こそは――、」

「ないんだ」

「ない……？　マサト先輩、私のことからかってるだけですよね？　……え、深広先輩、嘘ですよね？」

伊波は前方のデスクへ声をかける。そこには、本日もボリューミーな両乳をデスクに載せつつ、カタカタとキーボードを打つ因幡が。

伊波のすがるような目線を真っ向から受け止め、作業の手を止めてしばし見つめ合う。

「……ワタシも、渚くらいの頃は落ち込んだなぁ」

「落ち込んだ？　そ、それって――、」

「風間(かざま)、あとは任せた」

『これ以上、後輩の落ち込む姿は見たくない』といったところか。因幡は俺へと優しく微(ほほ)笑(え)みかけると、バカでかいヘッドフォンで耳を塞ぐ。毎度のことだが、イヤホンジャックくらいは挿してくれませんかね……。

「……え、そんな……」

まるで捨てられた子犬のような伊波に、最後の通告を言い渡す。すまん。

「伊波。あのな、もう一度言う。ないんだ」

「ないって?」

「俺が入社してから一度も社員旅行に行ったことが」

「!!」

伊波はようやく気付いたようだ。最初から詰んでいたことに。

最後の花びらが散っていくかのように。哀愁漂う伊波の手から、はらりと給与明細書が零(こぼ)れ落ちてしまう。

「私の楽しみが…………消えた……?」

ご臨終。

なんだろうなぁ……。ここまで目の前で悲愴(ひそう)感を漂わされると、俺まで居たたまれない気持ちになる。

「ちゃんと全額戻って来るから安心しろ。その金で美味(うま)いものでも、好きなものでも買えばいいじゃないか」

給与明細書を拾いつつ、「な？」と伊波へ差し出す。

のだが、

「やだ」

「……あ？」

「やだ！　旅行行きたい！」

「……」

なにこの駄々っ子。

スーツを身に纏(まと)ってるくせに、背中に真っ赤なランドセルが見えるのは何故(なぜ)だろうか。

何ギレ？　大きな瞳は涙目で、頬はリスの如(ごと)くパンパン。

「楽しみにしてたんだもん！　マサト先輩と地元の美味(おい)しい日本酒と料理食べるの！　終電を気にせず、朝まで飲み明かしたかったんだもん！」

「お、お前……。旅行先でオール考えてたのかよ……」

学生気分ってレベルじゃねーぞ。

「マサト先輩、連れてって」

「あ？」

「私を旅行に連れてって！」

「……」

　私をスキーに連れてってみたいに言うんじゃねー。

「連れて行ってくれなきゃ、マサト先輩ん家で宿泊ツアーしちゃうもん！」

「しゅ、宿泊ツアー？」

「そうです！　365泊の長期滞在プランです！」

「はぁぁぁぁ⁉　もはや居候じゃねーか！」

　ヤケになっているだけなのか、はたまた、本気で言っているのか。

　両方なのだろう。この新卒小娘は、やると決めたらやる女だから。

「連れて行ってくれなきゃ、毎朝、お味噌汁作ってやる！　洗濯したり、掃除も勝手にしてやる！」

　何その俺にメリットしかない脅迫。

「おはようのキスも毎朝しちゃうから！」

「⁉　キ、キス⁉」

「当然、行ってきますとおかえりなさいのキスも！　一緒に家を出るし、一緒に帰ってくるからキスは各2回ずつ！」

「ア、アホなのかお前は⁉」

「本気だもん！　一緒にお風呂も入るし、寝たの見計らって夜這いもしてやるもん！」

どんだけ旅行楽しみだったんだよコイツ……。

とはいえだ。呆れはするものの、楽しみの理由の1つに俺が入っていることも痛いほど伝わって来る。

自分と行く旅行をどれだけ楽しみにしていたのかを知ってしまえば、ムズ痒くもなる。

一緒に旅行に行くか……、
365日長期滞在させるか……。

「分かったよ……。旅行に連れて行けばいいんだろ？」

「！　ほ、ほんとですかっ⁉」

「おう。二言はない」

「～～♪　やったー！　マサト先輩大好きっ♪」

喜びを全身で表現したいようで、伊波に全力で抱き着かれてしまう。相変わらず良い匂いだし、おっぱい柔らかい。

可愛い後輩社員との旅行365日プランは、普通の男にとっては夢のプランに違いない。けれど、毎日キスされたり、風呂入ったり、夜這いなんかされてみろ。俺の下半身、粉々になるわ。

「えへへ♪　楽しみがなくならなくて本当に良かったなぁ♪」

「！　お、おう……」

とびっきりの笑顔を見ただけで約束して良かったと思える俺は、親バカというか先輩バカというか。俺の反省すべき点なんだろうな。

「ささっ！　今日はたっぷり懐が潤ったわけですし、飲みにも行っちゃいましょう！」

「積み立てる気ゼロかよ。……でもまぁ、せっかくの給料日だし行くか」

「はいっ♪」

旅行積立金。

ブラック企業に勤める身として、これほどまでに無意味なものは存在しない。

異論は認めない。

※　※　※

昼過ぎ。会社で昼食を終えた俺は、また方条工務店へと足を運んだ。

契約自体は伊波が獲ったが、さすがにあの破天荒娘を担当するのは新卒1年目には荷が重すぎる。というわけで、涼森先輩直々に俺が担当するよう勅命が降りた。

今日の打ち合わせ自体は夕方過ぎには終わるだろう。その後は会社に戻って伊波と合流し、そのまま飲みに行く予定だ。

到着した俺を出迎えたのは、モンスターチャイルドの方条桜子。

前回同様、部屋に通され、飲み物を出され、そのまま打ち合わせを開始する。

……数分後、

「カザマー。疲れたからゲームしよー」

「カザマ『さん』な？」

「そういう文化良くないと思うけどなぁ」

「お前の場合、めんどくさいだけ――、あっ！　ゲームの電源入れんじゃねえ！」

ゲームさせてたまるかとマウスを分捕ろうとするが、全力で方条が俺の腕へとまとわりついてくる。胸が当たってるのに恥じらう様子がないのはガキだからか。はたまたペッタンコだからか。

「ぐぎぎ……！　お前のせいで、ランク下がったらどうするんだ……！」

「どうもしねーわ！　ゲームは終業後にコツコツやれ！　俺を見習え！」

「や〜だ〜！」

俺と方条の関係はお察しの通り。「お前も敬語使ってねーじゃん」と言われたら、「そうですね」としか言いようがない。

だって仕方ないじゃないか。

俺だけコイツに敬語使うとか死んでもイヤだし。

「ほら。ゲームしたいなら、さっさと提出用のラフを完成させよーぜ」

「ちぇー。分かったよー」

唇を尖らせる方条は、おちょぼ口のまま元の場所であるソファに座る。

俺はテーブルに置いていたボールペンを取り、スケッチブックと再度向き合う。

俺たちが今現在、何をしているかといえば、ＷＥＢサイトの下地作り。

ネット広告をするにも、広告から誘導するための魅力的なホームページやＷＥＢサイトが必要不可欠だ。

方条工務店にもホームページがあるにはあるのだが――、

「この時代にＦＣ２の無料版利用してる会社、初めて見たわ」

「なははは！　中学時代のわたしが、夏休みに適当に作った奴だからなー」

ただただ文字や写真を貼り付けただけのお粗末クオリティ。

というわけで、新しいWEBサイトを作っていくこととなった流れである。

WEBサイトを一から作るとなると、結構お値段がする。

今回のサイト作りを担当する因幡いわく、「作れる人間からすれば、絶対依頼しない値段だよねん」と呑気なことを言っていた。

「サイト作りの依頼もできるんだから、マジでお前ん家の工務店、結構稼いでるんだな」

「……」

「ん？　方条？」

どうしたことか。あれだけ感情豊かな方条の表情がみるみる『無』になっていく。

死に顔になった方条が呟く。

「……わたし持ち」

「へ」

「じーちゃんに怒られたの。簡単に契約した罰として、桜子に渡す予定だった結婚資金の一部を今回は使うって……」

「……おおう」

ドンマイというか、言わんこっちゃないというか。

俺の哀れんでる視線に気付いた方条は、凹んでいても仕方ないと涙目で逆切れ。

「いいかカザマ！　わたしの結婚資金使ってるんだから、死んでも成功させろよ⁉　もしサイト作っても赤字だったら、お前、わたしとファミレスで挙式してもらうからな⁉」

何だその怖すぎる脅し文句。

てか、尚更ゲームしてる場合じゃねーだろ……。

※　※　※

方条との乱打戦――、ではなく、打ち合わせを終え、急ぎ足で駅から自分の会社へと戻る。夕方過ぎのつもりがかなり遅くなってしまった。伊波は待ちくたびれているだろう。

何度もＬＩＮＥを送ったのだが、なぜか既読スルー。

もしかして怒って帰ったのか？

――いや、アイツに限ってそれはないか。

オフィスに着くと、ちらほらと数人の社員が残っているだけの静かな空間。

伊波を探すべく室内を見渡せば、

「寝てやがる……」

「……すー、……すー」

規則正しく俺のデスクで寝息を立てて伊波は眠っていた。

余程、飲みに行くのを楽しみにしていたのか。スマホのＬＩＮＥは点けっぱなしで、既読が付いていたのは、俺とのメッセージチャット欄を開けていたからのようだ。

伊波の肩をゆする。

「伊波。起きろ」

「ん……？　あれ、マサト先輩？」

寝惚け眼をこする伊波は、そのまま腕時計を確認する。

とろん、としていた瞳がパッチリ開く。

「え？　う、うそ。もうこんな時間ですか！　私の寝顔ずっと見てるなら早く起こしてくださいよ！」

「違うわ。俺も今戻ってきたんだって。何度もメッセージ送ってたのに」

「あっ。ほんとだ……」

しょんぼりする伊波。

「せっかく、ビアガーデンに行こうと思ってたのになぁ」

残念ながらビアガーデンのラストオーダーはもう過ぎているだろう。

がっくりと肩を落とす伊波を見ると、親心がくすぐられる。この前の祝杯もおあずけだったし、さすがに今日くらいは連れて行ってあげたい。

相変わらず、俺はコイツに甘々なのかもな。

「じゃあ、こういうのはどうだ？」

「え？」

こてん、と首を傾げる伊波の頬には、しっかり寝跡がついていた。

14話：何処で飲むかより誰と飲むか

「マサトせんぱーい！　こっち、こっちー」

「へいへい」

さっきまでスヤスヤと寝ていたはずの伊波だが、既に元気１００％。モバイルバッテリーでも搭載しているのだろうか。

「５％くらいでいいからエネルギーを分けてほしいわ」

「えっ。キスとかハグしましょうか？」

過充電でぶっ壊れるわ。

そんなアホなやり取りをしつつ俺たちがやって来たのは、会社最寄りにある緑地公園。

中々に敷地は広く、花見スポットとしてウチの会社も毎年利用しているスポットである。

勿論、桜は咲いていないし、若干の蒸し暑さは感じるものの、閑散とした夜の公園は犬と散歩中のオジサンや談笑するカップルの影くらいしかなく、ほぼほぼ俺たちの貸し切り状態といってもいいだろう。

テーブルがセットになったベンチへと到着し、飲み場所の確保完了。

「良かったですね。誰もこの場所使ってなくて」

「まぁ、こんな時間から公園で一杯やろうとする、物好きなんていねーよ」

「えへへ。物好きAとBですね♪」

外飲みを提案したのは俺だけに、「どーも、物好きBです」くらいの返答しか思いつかん。

宴（うたげ）の準備をすべく、伊波が買い物袋からせっせと缶ビールやつまみ、ホットスナックなどをテーブルへと並べていく。道中のコンビニで買い込んだものだ。

「さすがに買いすぎたんじゃないか？」

「いいじゃないですか。お店の閉店時間は気にしなくていいわけですし、のんびり飲みましょうよ」

「終電時間はあるだろ……」

「今日は寝かせませんよ〜？」と本気なのか冗談なのか分からない発言が、ただただ恐ろしい。公園で夜が明けるまで飲もうとすんじゃねえ。

俺のジト目などお構いなし。伊波は、「どちらのビールからいっときますか？」と2種類の期間限定ビールを持ち上げる。

「じゃあこっちで」と、オレンジ果汁入りのビールを選択すれば、「じゃあ私はこっちー♪」とレモン果汁入りのビールを伊波は選択する。

「ではでは、今日も一日お疲れ様でしたー♪」

「おう。契約もおめでとさん」と言いつつ、缶同士を合わせる。

「ん～～♪　レモンの酸味がシュワシュワに効く～♪」

隣から聞こえるグビグビという音につられこっちも缶を傾ける。

仕事のあとのビールが格別に美味(うま)いのは世界の常識。目の前で美味そうに飲む後輩がいるなら尚更(なおさら)にビールが進む進む。

「先輩も焼き鳥どうぞっ。あ～んにしますか？　それとも口移しのほうがいいですか？」

もう酔っ払っとんのか。

※　※　※

沢山の酒を買い込んだということは、沢山の酒が飲めるということ。

それすなわち、気分も最高にハイになるということ。

「私のターン！　『スマイル不動産』の佐々木(ささき)係長を召喚！」

「ほう……。不動産屋の役職持ちなんて、中々の高給取りを持ってるじゃないか。だが甘いわ伊波！　俺は西大寺部長を生け贄に捧げ、『末来堂カンパニー』の国枝ＣＥＯを召喚！」

「し、しーいーおー!?　最強モンスターじゃないですか！　よーし！　なら私は、とっておきの切り札！『方条工務店』の方条桜子ちゃんを召喚――、」

「あ。そいつはクソ雑魚カードだぞ」

「ひどーい！　桜子ちゃんはキラキラカードに決まってるじゃないですか！」

キラキラカードて。

「何かゲームしましょう」という伊波の提案によって始まった、名刺を使ったカードゲーム、その名も社畜王。

会社の規模や役職、あとはノリと勢いで淡々と戦うだけの悲しきカードゲームである。

「お花摘んできますね」

「おう」

ベンチを立ち上がった伊波は、目と鼻の先にある公衆トイレへ。後ろ姿は中々に酔拳の使い手で、真っ直ぐ歩けていない姿がなんとなしにアヒルとかペンギンっぽい。

公園の時計台を確認すれば11時半手前。

「うん。そろそろお開きだな」

残り少ない缶ビールを一気に呷る。さすがにこの時期に飲むと、若干温くなっている。

少し残ったナッツを袋から取り出し、口の中一杯にバリボリ頬張る。

アルコール除菌シートで手指を入念に拭いてから、テーブルに並べた名刺を名刺入れへと戻していく。おバカな遊びをしていたとはいえ、ポテチの油まみれな指で触るようなことはしない。どこぞのアホ娘と一緒にカテゴライズされてたまるか。

伊波の分も片しつつ、しみじみ思う。

「――うん。アイツも、もうこんなに名刺交換したんだな」

自分以外の名刺を沢山持っているということは、沢山営業に回ったということ。

やはり後輩の努力が目に見えるのは、ちょっと嬉しいものがある。

恥ずかしいから、本人の前では言わねーけど。

もうすぐ名刺入れもパンパンになるみたいだし、名刺ホルダーなりデータスキャンなり、保管方法を教えてやったほうが良さげかな。

「あ。俺の名刺」

伊波は律儀にも俺の名刺まで持ち歩いているようだ。

しかし、一つの疑問が湧き起こる。

伊波に名刺渡したことなんかあったっけ？　と。

「……んん？」

思わず目を凝らしてしまう。

「この名刺……、俺が入社したてのときのじゃねーか」

間違いない。俺が入社して1年経ったくらいのときに会社のロゴが変更され、それに伴い名刺も一新されたのだ。

何で伊波がそんなに古い俺の名刺を持ってるんだ？

「…………」

胸騒ぎがする。

何故だろうか？　やけに「約束したくせに」という伊波の拗ねている顔を思い出してしまう。

「俺と伊波は昔に会ってる……？」

形容しがたい感情が、徐々に形を成していく。

——途中だった。

「きゃあああああああ！」

「うおう!?」

どうしたことか。悲鳴をあげる伊波が全速力でトイレから戻ってくる。

「な、何だ!? 変質者でも出たのか!?」

「ムカデです……!」

「……あ?」

「女子トイレにおっきなムカデがいたんです。壁でモゾモゾモゾモゾって……!」

思い出しただけでも鳥肌もののようで、伊波は内股でばたばた。

「う〜……! おしっこ出そうとしたときだったのに」

「それは災難だったな……」

そんな残念な伊波に腕を摑まれる。

「我慢できない」

「……は?」

漏らします宣言?

「女子トイレで、見張っててください」

「……お、お前。先輩に見張りさせるために戻ってきたのかよ……!」

「ううっ　だって限界なんだもん！」

「だったら、来るときに寄ったコンビニのトイレ――、」

「おしっこ我慢できないの！　このままじゃ漏れちゃうもん！」

「小学生かよ……」

伊波としても迷った末の行動なのだろう。恥じらいやプライドより、人としての尊厳を守りたいようだ。

「う〜〜っ。早く来て！」

「ちょっ、引っ張るなよ！」

人生初。後輩女子に女子トイレへと連れ去られる。

個室に入った伊波は、顔を半分出す。赤いのは酔っているからなのか、恥ずかしいからなのか。

「壁のムカデ、絶対見張っててくださいね？　あ、あと！　耳は絶対塞いどいてください！」

「絶対の多い奴だな……。塞ぎながら見張っといてやるから大丈夫だって」

「……本当に塞いでますか？」

「あん？　今何か言った——、「な、なんでもないから塞いでて！」」

何てワガママな後輩なんだ。マニアックな性癖なんて持ち合わせてないわい。

1分？　2分？　無事、伊波はミッションを完遂したのだろうか。

甲高いノック音が内側から聞こえてくる。

「おう。終わったか？」

「トイレットペーパーが……ありません……」

「……おおう」

何この、新しいトイレットハラスメントの波状攻撃……。

一難去ってないのに、また一難。

物音が聞こえて振り向けば、酔ったおっちゃんが遠くからこちらへ向かって来ているではないか。

「悲報だ伊波……。人がこっちに来てる……」

「ええっ⁉」

女子トイレに男性がいるという事実は誰に見られてもヤバい。俺がそんな奴に会ったら100％引く。

「マサト先輩どうしましょう⁉」

「お前は別にいいだろ！　俺がヤベェよ！　と、とにかくだな！　とりあえず紙だけ受け取ってくれ！」

大慌てで隣の個室から紙を回収し、伊波に渡そうとする。

のだが――、

「先輩、こっち！」

咄嗟に伊波の手が個室から出て、紙ではなく俺の手を引っ張る。

「ぐおう⁉」

あっという間にトイレの個室に引きずり込まれ、鍵がガシャンと締められる。

そこには。

真っ赤な顔をした伊波が。スーツのタイトスカートはたくし上げられ、ストッキングとパンツはがっつり太ももの途中で止まってる。おい、ちょっと待て。白色レースの布切れがそこにあるってことは、こいつ今何も……。

「マ、マジかお前⁉　いや、何してんの⁉」

「う～……！　だって、先輩のほうがピンチって言うからぁ～」

（俺のピンチを救うために、ノーパン覚悟で助けてくれたのかよ……！）

深イイ話なのか、エロイイ話なのか。

とりあえず、ズレたパンツを上げてもらっていいですかね……？

※　※　※

「もうお嫁に行けない……」

女子トイレから無事脱出成功。

まるで大切なものを失ったかのような様子の伊波に声をかける。

「パンツ見られたくらいで大袈裟な奴だな」

「それがパンツをガン見してた人の言うセリフですかっ！」

「ひ、人を変態扱いすんな！　チラッと見えただけだチラッと！」

「チラ見もガン見も一緒は一緒です。この際、責任取ってくださいよう！」

「どの際だよ……。というかお前って――、」

お前ってエッチしたことないのか？

そんなセクハラめいた質問が思わず零れそうになるが、既のところでグッと堪える。

それでも、伊波としては俺の表情やリアクションで察してしまうのか。はたまた、乙女故にそういうところは敏感に反応してしまうのか。

「～～～！　誰のせいでずっと処女のままだと思ってるんですか！」

「はぁぁあああん!?」

誰のせいって、俺のせいってこと!?

15話：私がマサト先輩を大好きな理由

私とマサト先輩の出会いは、新卒として入社したとき。

――ではない。

当時のマサト先輩はひどく酔っていたし、あの頃の私は髪も長かったり、染めてもなかったから全く気付かれていない。

にぶちんすぎて呆(あき)れるけど、気付かれないほうが私としても好都合なのかもしれない。

だって恥ずかしいもん。

約束を全く覚えていないのは、ちょっと寂しいけど。

※　※　※

マサト先輩との本当の出会いは、私が高校3年生、マサト先輩が新卒のときだ。

正直に打ち明ければ、それまでの私の人生はつまらなかった。

まるでロボットのよう。世間的には名家に生まれ、ずっと親の敷いたレールを生きてきた。

自分で言うのもアレだけど、私は優等生だった。

親の期待に応えようとずっと頑張ってきたのだ。それこそ、幼稚園の頃から習い事はいっぱいしてきたし、親の希望通りの進学校に入って毎日塾に通い続けた。

友達が全くいなかったわけじゃないけど、クラスメイト以上友達未満。そういう表現が私にはしっくりくる。

気を許せる友達がいない。ううん、気を許してくれる友達はいなかったという表現が正しいだろう。

放課後や休日などの遊びの誘いも全て断ってきたから当たり前だ。

いわゆるノリの悪い子。

一応委員長を務めていたから、頼りにはされていたと思う。別にいじめられていたわけでもないし、距離を置かれていたわけでもない。

けれど、

「伊波（いなみ）さんは家が厳しいから仕方ないよね」

「渚（なぎさ）は忙しいもんね」

「渚ちゃんは私たち憧れのお嬢様だもんね」

そして皆が必ず最後に言う「またね」の言葉。その一言が寂しかった。

私も本当は沢山遊びたいのに。いつもクラスの子たちの背中を見送っていた。

そんなある日。体育祭の打ち上げに誘われた。私は思い切って、参加してみることにした。初めてクラスの子たちと学校以外で話した。予想以上に楽しくて、気付けばコーヒーチェーン店で何時間もお喋り。〇〇ちゃんと△△先輩が付き合ったとか別れたとか、あそこのブランドが良いとか、ここのコスメが優秀とか。

全く分からない内容ばかりなんだけど、私にはその何気ない会話のひとつひとつがとても新鮮で面白かった。

やっと気付くことができた。

ああ、私のしたかったことはコレだったんだ。

友達とカラオケやファミレスに行って何気ないお喋りをしたり、お泊まり会や旅行なんかで楽しい思い出作りをしたかったんだなって。

帰り道、彼女たちから、

「また遊ぼうね！」

と言われたことがバカみたいに嬉しかった。「またね」じゃなく、「また遊ぼうね」。

浮かれすぎたからだろう。私はその日、塾に行くことをすっかり忘れてしまっていた。

その一度の過ち(あやま)を、私の父は許そうとはしなかった。


そのすぐ後、学校で彼女たちに声をかけると、何故(なぜ)かよそよそしい態度。

「どうしたの？」と聞いたら、「もうアタシらと遊ばない方が良いんじゃない？」って冷たく言われた。

「え、なんで……？」

「渚ちゃんのお父さんから、うちに連絡あったんだよね。『もう娘と関わらないでください』って」

初めて、本当に生まれて初めて、父に対して強い怒りを覚えた。

家に帰った私は父が帰宅するのを待って、抗議した。

怖かった。だって初めての反抗だったから。

けど、無駄に終わってしまう。それどころか父は「いい加減、目を覚ませ」と言って、私を力いっぱい怒鳴りつけた。

私は無我夢中で家を飛び出していた。

何もかもが嫌になってしまった。親の望むままに頑張って優等生をやっていたことも、初めて気を許せる友達ができたと思ったのに、それを壊されたことも。

何一つ自分の望みが叶えられない無力さや不甲斐なさから、自暴自棄になっていた。

こんな時、どこに行けばいいのかも分からない私は、電車に乗って繁華街に足を踏み入れた。そして、ずっと行ってみたいと思っていたカラオケ店へと入った。

戸惑うままに適当なプランを選択し、部屋に通される。

恥ずかしいことに、曲の入れ方も分からないし、飲み物や食べ物の注文方法も分からない。皆には常識であろうことを自分だけ知らないような気がして、一層惨めな気分になる。

「あはは……。ドリンクサーバーの使い方もよく分かんないや」

「えっ。泣いてんの？」

いきなり声をかけられてびっくりする。振り向くと、大学生らしき男性グループが。

「生JKじゃん。しかも、すげーかわいい」

「彼氏にフラれでもした？」

当たり前に腕をとったり、頭を撫でてきたり。あからさまな色目使いに、私は戸惑い以上に嫌悪感を抱いた。

「俺たちの部屋おいでよ。酒もあるからさ。ね？」

「い、いえ。本当に大丈夫なので」

肩に手を回されて、絶対に逃がさないといったような状況。

すごく怖いし、震える。

けれど、ふとしたことが脳裏をよぎる。

——もし、この人たちが望んでいるような『火遊び』を受け入れれば、父の顔に泥を塗ることができるかもしれないと。一矢報いることができるのではないかと。

この際、とことん非行に走るのも悪くないのかもな。

そんな、できもしないことを考えていた矢先だった。

「ごめんごめん、待ったか？」

その人は白馬に乗った王子様——、ではなく、スーツ姿のかなり酔っ払ったお兄さん。

お兄さんは私の腕を引き寄せて、大学生から隠すように自分の後ろへ引っ張った。

男性グループの1人がお兄さんを睨みつける。

「は？　アンタ、この子のなんだよ」

「あ？　あ～……。俺が出会い系で知り合った女の子だけど」

「「あ？」」「えっ……」

その一言は有り得なかった。ちょっとトキめいた気持ちを返してほしい。

お兄さんは、男性グループに臆することなく告げる。

「俺の払った分の代金払ってくれるなら、この子譲ってやってもいいぞ」

その言葉に興味を失ったのか引いたのか、大学生グループは「いやいいッス」と言って、そそくさとその場から逃げ出した。

お兄さんは私を救ってくれた。

けれど、か弱い女子を助けるヒーローにしては、あんまりだと思う。

だって人のことをビッチ扱いしてきてるわけだし。

それでも、恩人であることに変わりはない。

「あの……。助けてくれて、ありがとう――、」

「ガキはさっさと帰れ。分かったな?」

「なっ……！」

かなり泥酔した様子のお兄さんは、ドリンクサーバーで水をグラス一杯に入れると、一気に飲み干す。さらにもう一杯注ぎ足すと、そのままフラフラと千鳥足で自分の部屋目指して去って行く。酔いすぎでしょ……。

ちょっと待って。私のこと、このまま放置？

お兄さんに助けてもらった。けど、腹も立った。

「うん……！」

そのアンバランスな感情が、私の足を動かした。

急ぎ足でお兄さんの後を追いかける。

細長い廊下を曲がれば、明かりの灯（とも）る部屋は4つだけ。

1つ、2つ、と頑張って背伸びして部屋をこっそり覗（のぞ）いていけば、いた。

3つ目の部屋で捜し人であるお兄さんを発見する。1人だけだ。

意を決して扉を開ける。

「あ？——さっきの女子高生？」

「お、お兄さん。私と火遊びしてくれませんか……？」

「ひ、火遊び？　お前は一体何を言って……、！！！？？？　はああああああ!?」

お兄さんが声を荒らげるのも無理はない。

私が突如脱ぎ始めたのだから。

ワイシャツのボタンを1つずつ外していき、ブラウスも一緒に脱ぐ。

ブラジャーだけの姿になれば、お兄さんの視線が私の胸に突き刺さり続ける。私のせいで、その……下の部分がすごく元気になっているのも。

自分でもとんでもなく愚かなことをしているのは分かっている。けど、愚かだからこそする意味があると信じるしかない。ビッチになるしかない。

今外からドア窓を覗かれてしまえば、私は一巻の終わりだろう。

けど、いっそお客さんや店員さんに覗かれて、通報されたほうがいいのかもしれない。お兄さんに迷惑を掛けちゃってることに今になって気付く。もし、私なんかとエッチしたくなかったら、そのまま電話してもらっても構わない。

「……お前泣いてるのか？」

「うっ……！　だって、火遊びすればお父さんを困らせることができるかもしれないから……！」

「はぁ？」

「もうどうでもいいの。だから好きにしてください」

「本当にいいんだな」

「え、あ――。うん……。好きにしていいよ」

お兄さんは、私の胸をずっと凝視したまま。

腕が伸びてきて、思わずビクッと肩が跳ねる。

「……いった！」

伸びてきた手は容赦なく私の額をデコピンした。

「そんなにビビるなら脱ぐな。どけ」

ん！　と脱ぎ捨てた服を突き付けられ、さらに自分の背広を脱いで私の肩にかけてくれた。

「……私ってそんなに魅力ないですか？」

「めちゃくちゃあるわ、アホ！」

「え」

意外過ぎる反応に思わず固まってしまう。

「あのな、男は馬鹿だから女子高生だろうと誘われると欲情しちゃうんだって。淫行条例で新卒1年目からパクられるとか笑えねーんだよ！」

「……」

一生懸命私の胸を見ないようにしているところとか、それなのに耳まで真っ赤なところとか。そんなお兄さんのすべてがおかしくて。

「……ぷふ。あはは！」

「わ、笑うんじゃねえ！」

本気で言っているのか私を注意するために言っているのか分からない。けど、良い人だなって本気で思った。ちょっとズレてるけど。

緊張の糸がほどけた私は制服を着て、お兄さんにどうしてこんな火遊びを決行しようとしたのかを詳しく説明した。

「……だから、私が悪い事すれば、お父さんも少しは分かってくれるかなって。私はそんなに親の理想通りの子じゃないって」

「自己中かよ」

「――え」

てっきり、「それはひどいな」とか「それは可哀想だったな」とか同情されると思ったのに。お兄さんはきっぱり言い放った。

「いいか？　後先考えず意思表示なんかすんじゃねえ。そんなことをして親父より傷つくのはお前だぞ。しっかり考えて、現状を打破しろ」

当たり前だけど、私にそんなことを言ってくれた人は初めてだった。

「親の望むように生きるのが苦しいなら、違う道を選べばいい。別に不真面目に生きたっていいだろ。お前の人生なんだから、お前の好きなようにすればいい」

この人は今日会っただけの知らない女子高生に本気で言ってくれている。私なんか放っておけば良いのに。

聞き終えた途端、涙が出た。それまで耐えてきたものが溢れて、止まらなくて。

「お、おい！　泣くなって！」

「な、泣いてないもん！」

「分かった、分かった」とお兄さんは、なだめつつ、私にポケットティッシュをくれる。

口は悪い人だけど、行動はすごく優しい人だと思う。

「いいか？　ストレスっていうのはな。色々な解決方法があるんだ」

「？　……たとえば？」

「ひたすらデカい声で歌うんだよ」

お兄さんはカラオケのタブレットを持つと、手早く曲を入力していく。

お酒もいっぱい飲んでるみたいだし、お兄さんもストレス溜まってるのかな？

「ほら！　一緒に歌え歌え！　喉がかれるくらい歌ったら、嫌なことなんてたいていい忘れられんだから！」

「う、うん！」

「よっしゃ！　今から歌いまくるぞ、部長のボケがぁ！」とマイクを握り締めるお兄さんだったけど、

「……あ、てかちょっと待て。お前って、未成年なんだよな？」

そうだと頷くと、お兄さんは時計を確認した。

「えっと、確か未成年は22時以降がアウトだっけっか……」

「でも、あと30分あるよ？」

歌えと提案した手前、お兄さんも直ぐ帰れとは言えないみたい。

「……30分だけだぞ。そしたら、帰らせるからな？」

「やった！　えへへ……♪」

それから30分、私たちは二人で歌い通した。私はよく知らない古い歌を入れられて「リンダリンダ〜♪」とか叫んで、歌って、確かにストレス発散になった。ついでにお酒を飲もうとしたらお兄さんに止められた。そういうところは真面目だ。

※　※　※

「どうだ？　ストレス発散になったか？」

「うん、すっごくなった！」

正直言ってこの時点で、私はお兄さんに懐いてしまっていた。交友関係の乏しい私なのだから不思議なことではない。

ううん。交友関係が豊富でも、きっと私は惹かれていた。

カラオケ店からタクシー広場のある駅目指して歩く。夜の繁華街は危ないからと、そばに付いていてくれるお兄さんは、おもむろに背広の胸ポケットから名刺入れを取り出す。

「ん」

「名刺？　……私にくれるの？」

「本当に悩んだり頼る人がいないときだけ、俺に連絡していいぞ。そのときは、今日みたいにカラオケくらいなら付き合ってやる」

「………」

「なんで固まるんだよ」

「お兄さん、私のこと口説いてるのかなって」

「ばっ――！」

「あははっ。大慌てだ」

赤い顔をしたお兄さんをいつまでも見続けていたいけれど、残念ながらタクシー広場へと到着してしまう。

お兄さんは「これで足りるだろ」と1万円を渡してくれた。

「え、いいよいいよ！」

「遠慮すんな。行き先言えるよな？」

「そ、それくらい言えるし！」

「おー良かった。じゃあな」

「うん……ありがと」

ひらひらと右手を振るお兄さんは、そのまま駅目指して歩き始める。

不思議だった。『またね』って言葉は大嫌いだったはずなのに、このときばかりは、『また会いたい』って心から願ってしまう。

「お兄さんっ！」

「ん？」

「もし、私が大人になったら、一緒にお酒飲んでくれますか？」

お兄さんは、「なんじゃそら」と呆れる。

「――まぁ、お前が立派な大人に成長できてたらな」

「ほ、ほんとに？」

「おう。そしたら、美味い日本酒の店に連れてってやるよ。10軒でも20軒でも」

笑った顔に不覚にもドキッとする。誤魔化すように、わざと頬を膨らませてみせた。

「えーっ。私、オシャレなＢＡＲとかが良いなぁ」

「日本酒の美味さを知らないなんてガキだな」

「まだガキだもん」

「ははっ！」

「もうっ！　……でも、約束だよ？」

お兄さんの前に今一度立ち、指切りげんまんの小指を差し出す。お兄さんはちょっと恥ずかしげな様子で周囲を見渡すと、観念したように小指を立てる。

子供扱いした罰だ。

「うおうっ⁉」

指を絡ませた瞬間、そのままお兄さんをグイッと目一杯手繰り寄せる。

いきなりのことにお兄さんは倒れ込むようにこちらに来て、一瞬ハグをする形になる。

お兄さんに密着しつつ、耳元で囁くように言ってやる。

「大人になったときは、私の初めても貰ってね？」

「なっ……！　〜〜〜〜は、早く帰れ！」

「あははっ♪　またね、お兄さん！」

『またね』って、本当はとても素敵な言葉だったみたい。

タクシーに乗った後、お兄さんから渡された名刺を眺める。

「風間マサトさん。……マサトくん。マサト先輩、かな？」

自分でも単純だと思う。お兄さんの名前を呟いているだけで、明日から頑張っていけると思えちゃうのだから。

出会って別れてから、あっという間だった。

それでも、私が過ごしてきた人生の中で一番濃密な時間だった。

どの授業や講義よりも楽しかった。

何より胸の高鳴りが心地良くて堪らなかった。

だからこそ、

「頑張って、立派な大人にならないとな」

※　※　※

それからの私は、親の敷いたレールを大いに外した。決してドロップアウトしたという意味ではなく、自分の道は自分で切り開く努力をするようになった。

指定された大学に行かないことで、大揉めして勘当状態になっちゃったけど。

でも後悔はない。むしろ清々しくもあった。

大学生活では、高校時代までの遅れた青春時代を取り戻すように一生懸命、私なりの青春を謳歌した。成績も上位をキープしつつ、ミスコンに選ばれるくらい皆から好かれる存在になることができた。勿論、かけがえのない友達もいっぱいできたし、最初は苦手だった日本酒も気付けば大好物になっていた。

飲みの席で、「渚は可愛い顔して呑兵衛」と友達にからかわれるようになったのは、間違いなくお兄さんのせいだ。

時は巡り、私は社会人になった。

そして、第一志望である会社に、無事入社することができた。

そう。お兄さんの会社だ。

運命だと思った。

私を教育する先輩が、お兄さんだったから。

4年前と比べて、目の光が濁っている気がしなくもない。

「今日から俺が教育係だからよろしくな」

気付かれないことが残念でもあるような、ラッキーのような。

でもいっか。これから、お兄さんと一から出会い直すのも悪くはない。

「はじめまして！　これからよろしくお願いしますね、マサト先輩♪」

16話：伊波渚（いなみなぎさ）はかまってほしいし、愛してほしい

公園飲みを満喫し終え、あとは終電に間に合うように駅へと向かうだけ。

なのだが――、

「お前な」

「やだやだやだ！　ホテル行きましょう～！」

「行くわけねーだろっ！」

「何でですか？　ホテル行って飲み直せばよくないですか？　私のパンツ見た責任も取ってくださいっ！　この前も結局ホテル行かなかったし、今日こそは行きましょうよう～～！」

なんだこの駄々っ子……。こいつホントに成人済みだよな？

これ以上、酩酊（めいてい）状態の小娘に振り回されてたまるかと深呼吸。

「終電まで時間あるし、そこのコンビニでコーヒー買ってくるわ」

腕時計を確認すれば0時手前。幸いにも頭を冷やす時間くらいは残されている。

「お前は何か欲しいモノあるか？」

「氷結ストロングとさけるチーz──、「水とヘパリーゼな」」

「あ～ん！　夜はこれからなのに～～～！」

明けない夜はない。

キャンキャンうるせー伊波はコンビニ前に放置。そそくさと店内へ。

これほどまでに、マチのほっとステーションにホッとしたことがあっただろうか。

ドリンクコーナーへと足を運び、お目当てのボトルコーヒーを取り出そうとガラス扉へ手を伸ばす。

しかし、思わず動きを止めてしまう。

「ちくしょう……。あの誘いには一生慣れん……」

ガラスにうっすらと映る自分の顔が、あまりにも羞恥に満ち溢(あふ)れていたから。

無造作に扉を開けば、ひんやりとした風が顔や身体(からだ)をクールダウンしてくれる。

何ならもっと冷やしたいくらいだ。アイスクリームストッカーにダイブしたい気持ちを
生まれて初めて理解さえできる。絶対しないけども。

自分に何度も言い聞かせる。

俺は教育係、伊波は後輩。それ以上でも以下でもないと。

雑誌コーナーにある『新社会人の恋愛事情。20代から始める大人セックス術』とか、『魅せる美乳！　気になる年上も即オチ!?』なる胡散臭い女性週刊誌にも目移りしてはならない。

「あ……？」

店を出た瞬間、思わず呟いてしまう。

伊波が男3人組に話しかけられていたから。

大学生くらいだろうか？　伊波と然程年齢は変わらないように見える。

「お姉さん1人？　今から遊ぼうよ」とか、「カラオケで一緒に盛り上がろ！」とか、「クラブでもバーでもいいからさ」とか。

ナンパなう。若気の至りここにありけり。

間に入るべきか否かで言えば、入るべきなのだろう。

けれど、

「……」

割って入るのを躊躇ってしまう。「俺が本当に首を突っ込んでいいのか？」と無駄に悩んでしまう。

多少のチャラさは目立つものの、伊波を無理矢理連れ去ろうとしているわけではない。

3人の誘いに耳を傾ける伊波だって、恐怖を感じているような表情にも見えない。

それどころか、喜んでいるようにさえ思えた。

勘違いではなかった。

伊波の表情が、えくぼができるくらい満面の笑みになる。

そして、男3人組に愛嬌(あいきょう)たっぷりに言うのだ。

「ごめんなさいっ。私、これから大好きな先輩とホテルに行くので、貴方(あなた)たちとは遊びに行きません♪」

「は!?」「「「え……」」」

俺含め、一同絶句。

この野郎……。対部長用の為(ため)に俺が授けた魔法の言葉を使いやがった……。

しかも、応用どころか魔改造……！

「えへへ♪　言っちゃった」みたいにハニかんでじゃねー。

「あっ。マサト先輩、遅～～い！」

俺の存在に気付いた伊波が小走りでやって来る。

さらには、勢いそのままに飛びついてくるではないか。

「い、伊波⁉」

「マサト先輩が遅いせいで、ナンパされちゃってました」

さも恋人のように、見せつけるかのように。大胆に肌を摩り寄せてくる伊波の体温や柔らかさが、これでもかと伝わってくる。

刺激的なラブアピールを目の当たりにしてしまえば、３人組も事実を受け入れるしか選択肢はない。トボトボと夜の街へ消えて行ってしまう。

兎にも角にも一件落着。

とはいかず。

「それでは行きましょう、マサト先輩っ♪」

一難去ってまた一難。二の腕に密着したままの伊波が、駅とは別方向、ホテル街目指して歩き出そうとする。

足ではなく、口を動かしてしまう。

「なぁ、伊波」

「はいです？」

「……何でさ、そこまで俺とホテルに行きたいんだ？」

自分でも情けないと思う。当事者の俺がそう思うのだから、客観的に見たらどれだけ酷い質問なのか分かったもんじゃない。

　それでも、伊波は真剣に答えてくれる。

「好きだからに決まってるじゃないですか」

　心臓の鼓動が騒がしくなってしまう。

　夜街の僅かな光たちが、キラキラと伊波を照らしているかのように錯覚させるほど。それどころか、伊波という存在が夜を照らしているとさえ思えた。

　酔っているからとか、冗談やイタズラで言っているわけではないのだろう。

　真剣な表情で伊波は続ける。

「社会人生活の長い先輩にとっては、私を教育する3ヶ月ちょっとはあっという間だったかもしれません。けどです。大学を卒業したての私にとっては、先輩と過ごした日々はとても大切な時間だったんです」

　一度火が灯(とも)った伊波は止まらない。手繰り寄せるかのように、さらに俺との距離を詰めてくる。ここぞとばかりに止めどない感情をぶちまけてくる。

「単純すぎって笑われちゃうかもしれません。けど仕方ないじゃないですか！　好きになっちゃったんだもん！」

伊波の顔が赤いのは、酒が入っているから？　告白が恥ずかしいから？

一番はヒートアップしているからだろう。

「お、おい。少し落ち着けって」

「落ち着いていられた日なんてありません！　毎日分からないところを教えてくれたり！　苦手な上司や取引相手から私を守ってくれたり！　何気ない雑談もお酒飲みながら聞いてくれたり！　先輩と一緒にいるとドキドキしちゃうんだもん！」

「いや、そういう意味じゃなくて――」

「酔った勢いでホテルに誘ってるわけじゃありません！　誰とでもエッチしたいわけじゃありません！　マサト先輩としたいんだもん！　ずっと昔から大好きなんだもん！」

「ずっと昔？　と、とにかく！　一旦落ち着――、」

一旦落ち着けと言おうとした。

けど、言葉を遮られてしまう。

伊波の唇によって。

「！！！？？？」

一瞬何が起きたのか分からなかった。いきなり顔を近づけてきた伊波が、いきなり唇を押し付けてきたから。

「あふぁsヴぁcs～～⁉」「んっ……」

小さい身体を目一杯背伸びして、絶対離すものかと腰にまで手を伸ばしてくる。呼吸する時間さえ惜しいと、柔らかい唇や短い舌先をひたすらに動かし続けてくる。艶めかしい吐息が、耳から全身を支配してくる。

これが自分にできる最大の愛情表現だと証明するかのように。

唇が離れれば、互いに息を乱し合ってしまう。見つめ合ってしまう。

ジッと見つめてくる潤んだ瞳、小ぶりな唇、上下させる華奢な肩、少しはだけた襟元。伊波の何もかもが、滴るほどに女らしさを醸し出している。

「……本気、伝わりましたか？」

「伝わりすぎだよ、バカヤロウ……」

「これくらいしないと、にぶちんな先輩には伝わらないんだもん」

的確すぎるダメ押し発言に、「ぐっ……」と思わず声も出る。一体全体、どこでそんな荒業を覚えてきたというのか。

とはいえ、攻め過ぎた行為なのは自覚しているようだ。伊波の表情は何時になくしおらしい。控えめさも相まって奥ゆかしささえ感じさせるほどで、これくらい大人しいほうが

今以上に人気が出るのかもしれない。
けどだ。いつもの愛嬌たっぷり、元気いっぱいな姿こそ、やはり伊波には相応しい。

俺自身もまた、いつもの天真爛漫な伊波であってほしい。

「〜〜〜っ！　俺が悪かったよ！」

「？」

「ずっと言い聞かせてたんだ！」

「言い聞かせ、ですか……？」

「そうだよ！　俺は上司で伊波は後輩！　それ以上でもそれ以下の関係でもないって！」

キョトンとする伊波に続ける。

「スキンシップが多いのは俺をからかってるだけだとか！　毎回飲みに誘ってくるのは酒が好きなだけだとか！　全部都合の良いほうに持って行こうとしてたんだ！」

「！　な、何でですか？　都合の良いほうなら、むしろ私の好意を受け入れてくれても……」

「仕方ないだろ！　お前みたいな可愛い奴に、言い寄られた経験ないんだから！」

「へっ⁉」

可愛いなんて言われ慣れてるくせに。そもそも、「後輩の私、可愛いですか？」と毎回からかってくるくせに。

にも拘らず、初めて言われましたみたいな反応するんじゃねー。

真新しい一面を魅せてくる伊波だが、点と点が繋がったからだろうか？

「？？？　伊波？」

「…………ふふっ！　あはははははっ♪」

キョトン顔一変、伊波大爆笑。

「先輩の顔真っ赤！」

「だ、誰のせいだ！　てか、お前も大概、真っ赤――、ぐおっ……！」

反論などさせまいと、力いっぱい抱き締められてしまう。

怒っていた感情など簡単に吹き飛ぶ。それどころか、いつもの愛嬌たっぷりな伊波を見てしまえば、こっちまで嬉しさが込み上げてくる。

死んでも顔には出さんけど。

「ああ……。私、今すっごく幸せだなぁ♪」

「……。日本酒飲んでるときみたいな感想だな」

「いえいえ。どんなお酒も、マサト先輩の前では水に等しいです♪」

「なら毎回酔ってんじゃねー」ってツッコむのは野暮なんだろうな。

「言っとくけど、一夜限りの関係を結ぶためだけにホテルなんて絶対行かないからな？」

「勿論ですっ。マサト先輩がそんな冷たい人だなんて思うわけないじゃないですか」

「……。わ、分かってくれてたら、それでいいんだ」

「はい♪」

これこそ、野暮な質問だったみたいだな。

「それにです」

「ん？　それに？」

イタズラたっぷりな笑顔の伊波が、俺の耳元で囁く。

「私、一夜限りで満足するような女じゃないですよ？」

「！！　お、おまっ……！」

「あははは！　また先輩照れてる〜♪」

「〜〜っ！　この小悪魔野郎っ……！」

イタズラ大成功と、またしても伊波大爆笑。

未だに慣れない俺に問題アリなのかもしれんが、こんな爆弾発言、男なら誰でも反応するに決まってる。

全くを以てコイツには敵わない。

俺はとんでもない後輩、いいや。とんでもない女に好かれたのかもしれない。

「マサト先輩。公私共々、これからもご指導ご鞭撻のほど、よろしくお願いしますね？」

「！　お、おう……」

「あれれ？　もしかして、やらしいご指導とご鞭撻のこと考えてます？」

「はぁ!?　か、考えとらんわ！」

「先輩のためなら、私、どんな歪んだ愛情表現も――、」

「～～っ！　朝まで説教したろか！」

「や～～ん♪」


朝まで説教したか、朝までお楽しみしたのかは、ご想像の通りである。

あとがき

初めましての方は初めまして、お久しぶりの方はお久しぶりです。凪木エコです。
ファンタジア文庫で本を出すのは約2年ぶり。「本当に時が経つのは早いなぁ」としみじみしちゃいます。
2年前に比べて、夜更かしや酒の大量摂取が翌日に響きまくるのも頷けます。
「年上系やお姉さんキャラより上の年齢になってしまった。でも、それはそれで興奮するし、いいんじゃないか」と日々を健やかに生きております。
2年前から成長してねー。
そんな作者が描く社会人ラブコメはいかがだったでしょうか。
毎日のように飲みに誘ってくるかまってちゃんな後輩、
性格はざっくばらん、度胸もおっぱいも立派な同期、
ミステリアスな過去を持つキャリアウーマンな先輩、
取引先のアホなロリっ子。

「こんな可愛い子たちがいるのなら、残業上等で働ける！」くらいテンションが上がってくれていたら幸いです。

皆さんの推しヒロインができていたら、尚幸い。

「渚にかまってされたい！」「鏡花にグーパンされたい！」などのお便り、ツイッターでお待ちしております。


僕も昔、マサトのように広告代理店の営業マンとして働いていた時期があります。

作家デビューしてから、自分の職歴を暴露したのは地味に初めてかも。

漆黒の闇とまでは言わないけど、中々にブラックな企業でした。

１年経たないうちに、僕の左席と向かい席の先輩上司が体調不良で退職してしまったり、上司のやらかした致命的なミスを少しでも緩和するため、当時新卒だった僕が独断でやらかしたミスにするよう命じられたり。

エトセトラ、エトセトラ。

今では、「このネタ使えるかも！」と当時を思い出しながら執筆できているのだから、良き思い出とは言えないけど、糧になってるとは信じたいですね（笑）。

きっと世の中には、僕が辛（つら）いと思っていた日々よりも、ハードな日々を過ごす社会人さんや学生さんが沢山いると思います。思うというか絶対います。

そんな現在進行形で頑張っている人に僕ができることといえば、「明日からまた頑張ろう！」と元気になってくれるような小説を世に出すことくらいです。

僕も頑張って執筆していくので、皆さんも仕事や学業、今向き合っていることに全力で頑張ってください。

すげー良（い）いこと言ったんで、僕にボーナスください。

ＴＨＥ・台無し。

とにもかくにも、理不尽なことばかりの世の中ですが、自分なりのペースで毎日を過ごしていきましょう！　ファイト！

今作品の新卒ちゃん（略称未定）を、皆さんはどういうキッカケで知りましたでしょうか？　本屋さん？　ＷＥＢ小説？　ファンタジア文庫の宣伝？

中でも、漫画動画がキッカケな方は結構多いと思います。

「何のこっちゃ？」という方へ簡単にご説明致しますと、新卒ちゃんはＹｏｕＴｕｂｅ『カノンの恋愛漫画（れんあいまんが）』さんのチャンネルでも公開されているお話なんです。

ある日、カノンさんからお声掛けをいただき、そのタイミングで僕がWEBで細々書いていた新卒ちゃんを「漫画動画にいかがすか？」とご提案したところ、ありがたくも快諾。漫画動画の原作は初めての経験だったので試行錯誤の繰り返しでしたが、初めてラノベを書いたときのような懐かしさを感じつつ、楽しく書かせていただきました。

そして、ポン、ポン、ポーンと、すげー流れで今のような書籍化に至ります。

WEB小説発のような、漫画動画発のような。

どっち発ともとれるハイブリッドな作品の完成！　てな流れです。

小説版と漫画動画版、どちらも楽しんじゃってください。


ここからは謝辞を。

担当さん。僕にとっては2代目で、洒落にならないくらい酒好きの担当さん。知り合ってから今巻完成に至るまで、本当にご迷惑をお掛けしっぱなしで申し訳ありません……！遅筆作家の面倒は今後も大変かと思いますが、見捨てられぬよう死ぬ気で精進して参ります。美味しい日本酒送ります！

イラストレーターのRe岳さん。この度は、新卒ちゃんのイラストに命を吹き込んでいただき、ありがとうございます！　そして、仕事が早ぇのに、クオリティが高ぇの何の……！　僕、担当さん、カノンさんで推しキャラが綺麗に分かれるくらい、全部のヒロインがKAWAII。小物や服装の細部までこだわってくれて、ただただ頭が上がらないです。今後もよろしくどうぞ！

漫画動画担当の雪あられさん。イラストに起こすだけでなく、僕が執筆した拙い原作をブラッシュアップしていただき、本当にありがとうございます！　初めて出来上がった漫画動画を拝見したときは、あまりの高クオリティに、冗談抜きで1コマ目から「えっ！」と呟いてました（笑）。漫画版だからこそできるコミカルな渚が大好きで、マサトに誘いを断られ、ジタバタする渚がめちゃくちゃストライクです。どストライクです！

『カノンの恋愛漫画』のカノンさん。いきなりの「一緒に仕事しましょう」メッセージから、ここまでの形になるとは本当にビックリです。いち、クリエイターとして貢献できるよう精進して参ります。今はおんぶに抱っこどころか、リムジンに乗ってウイスキー片手にジャンプを読んでる気分です。並走できるよう必死に頑張ります！

最後はもちろん読者様。今作品を手に取ってくれて本当にありがとう！　笑いたいとき、疲れを吹き飛ばしたいとき、可愛い女の子たちに癒されたいとき、何度も読んじゃってください。ではでは、またお会いしましょう！

かまって新卒ちゃんが毎回誘ってくる

ねえ先輩、仕事も恋も教育してもらっていいですか？

令和３年11月20日　初版発行

著者――凪木エコ

発行者――青柳昌行

発　行――株式会社KADOKAWA
〒102-8177
東京都千代田区富士見2-13-3
0570-002-301（ナビダイヤル）

印刷所――株式会社暁印刷

製本所――本間製本株式会社

ISBN978-4-04-074329-5 C0193　◇◇◇

学校
……じろじろ見ないで
【朗報】
俺の許嫁になった地味子、家では可愛いしかない。
ラブコメ
秘密の結婚生活！

ファンタジア文庫
甘えていいし？
家
著者：氷高悠
イラスト：たん旦
親同士の約束で俺に嫁（3次元）ができた!?
相手は地味で目立たない同級生・綿苗結花。
「最近の推しは誰ですか!?」「遊くん…って呼んでもいい？」
趣味もピッタリ、意気投合。
しかも、慣れたら学校では想像できないほど大胆に！
彼女の素顔と、2人だけの生活は可愛さしかない!?
クラスのあの子と

雨音恵
ILLUST
kakao
「一葉さん、早く着替えないと遅刻するよ？」

「勇也君が着替えさせてくれます？」

「はい!?何言ってるの!?」

「ぬーがーしーてー」

「わかった……ハミガキ終わったら脱ごうか」

「え!? え、いや、やっぱり…その…」

「ほら早く！」

「……勇也君!?」

「す、好きです!」「えっ? ススキです!?」。
陰キャ気味な高校生・加島龍斗は、
スクールカースト最上位&憧れの白河月愛に
罰ゲームきっかけで告白することになった。
予想外の「え、だって今わたしフリーだし」という理由で
付き合うことになった二人だが、
龍斗はイケメンサッカー部員に告白される
月愛の後をつけて盗み聞きしてみたり、
月愛は付き合ったばかりの龍斗を
当たり前のように自室に連れ込んでみたり。
付き合う友達も遊びも、何もかも違う2人だが、
日々そのギャップに驚き、受け入れ合い、
そして心を通わせ始める。
読むときっとステキな気分になれるラブストーリー、
大好評でシリーズ展開中!

ありふれた毎日も
全てが愛おしい。

済みなキミと、
ゼロなオレが、
き合いする話。

ファンタジア文庫
何気ない一言も
キミが一緒だと
経験
経験
お付
著／長岡マキ子
イラスト／magako